官能小説 —

禁欲お姉さんの誘惑

八神淳一

竹書房ラブロマン文庫

目次

この作品は、竹書房ラブロマン文庫のために
書き下ろされたものです。

第一章　上下穴塞ぎを求める禁欲人妻

1

バイト帰りの夜。

空《す》きっ腹《ぱら》を抱えて歩いていた田口良太《たぐちりょうた》は、定食屋の奥さんが店先に立っているの見つけ、つい声をあげそうになった。

間に合ったっ。

良太はあわてて駆けよりながら、こんばんはっ、と声をかける。

すると奥さんが振り向いた。ポニーテールが揺れる。

「あら、こんばんは田口さん」

彼女が笑顔を向けてくる。奥さんのこの笑顔を見ると、バイトの疲れもすうっと抜けていく。まさに癒《い》やし系の笑顔だ。

「あの、まだお店、入れますか？」

あゆみという名の奥さんは、定食屋の暖簾《のれん》を手にしていた。ちょうど暖簾を外していたところだったのだ。

「まあ、これから？」

奥さんが少し驚いたように言う。この店は午後九時に閉店だ。今、一分前だった。

「……そうね、私が作っていいのなら」

とあゆみが頷《うなず》いた。

「ご主人は？」

「もう、調理場の火を落として、帰ってしまったわ」

と彼女は言って、寂《さび》しそうな表情を見せる。ここふた月ばかり、彼女は店でも時折こんな表情を見せることがあった。

「飲みに行ったんですか」

「さあ、どうかしら……生姜焼きでよければ、作れるわよ」

「おねがいします」

この定食屋は夫婦でやっている店だ。良太が大学入学と共に上京し、この街に住むようになって二年半あまりになるが、ここにはずっと通っていた。

あゆみという名前は、直接聞いたわけではない。

奥で調理している夫が、たまにその名前で呼ぶので、覚《おぼ》えたのだった。

夫がいないということは、もしかして、あゆみとふたりきりということか。もしかしなくても、そうなるよな。

良太の胸が期待に膨《ふく》らむ。

「どうぞ、お水はセルフでおねがいね」

店に入ったあゆみは奥に向かいつつ、そう言う。

彼女はいつも髪をポニーテールにして上げている。服装は上は半袖のTシャツにジーンズで、その上からエプロンを着けた、こざっぱりとしたラフなものだ。

思わず、ジーンズのヒップラインに目が向く。ふたりきりだと思うと、視線がねちっこくなる。いつもは営業中だから、ちらっと見るくらいだ。

あゆみの年齢は三十二、三くらいだろうか。夫とのあいだに子供はいないようだ。ジーンズの尻がぱんぱんに張り詰めている。あゆみさんって、あんなに色っぽい尻をしていたっけ。

あゆみがキッチンに消えた。良太は我に返り、ウォーターサーバーから水をコップに入れる。

このところ、あゆみ夫婦はうまくいっていないように見える。もしかして、旦那が浮気をしているのだろうか。

あゆみのような美人の奥さんを貰《もら》っても、結婚生活が長くなると、浮気をするものなのだろうか。良太にはわからない。あゆみのような奥さんを貰ったら、十年でも二十年でも、他の女に目もくれず、やりまくる気がするが。

なにせ大学の三年になる今まで、良太には彼女すらいなかったから、旦那の気持ちがまったく想像出来なかった。

あゆみがお盆を持って、やってくる。

「生姜焼き定食、どうぞ」

とテーブルに置く。いつもならキッチンに下がるのだが、ふたりきりだからか、あゆみは椅子を引くと、差し向かいに座った。

そして両手をうなじにまわして、エプロンの結び目を解きはじめる。

なんてことない仕草だったが、脱ぐのかっ、と良太はドキリとした。脱ぐとはいってもエプロンなのだが、なにせ、エプロンを着けた姿しか見たことがないのだ。

それが外されるだけでも、あゆみの別の顔を見てしまう気がした。

あゆみがエプロンを脱ぐや、Tシャツの高いふくらみが目立って見えて、ドキンとする。エプロン越しでも、大きそうだなとなんとなく思っていたが、Tシャツだけになると、巨乳なのがはっきりとわかった。

頂きます、と良太は食べはじめる。あゆみはじっとそんな良太を見つめている。なんだろう、すごく緊張する。思えば、女性とひとつの空間で二人きりというシチュエーションははじめてかもしれない。あゆみとふたりきりだラッキーと思っていたが、緊張してご飯が喉《のど》を通らない。

「美味《おい》しくない？」

「えっ……」

「だって、あんまり箸《はし》が進んでいないから」

「いや、そんなことないですっ」

と言って、あわてて良太は生姜焼きを口に大量に入れ、ご飯もかき込む。

あゆみの手料理だ。美味しいはずだったが、やはり、ふたりきりの緊張が勝っていて、味がよくわからない。

「ねえ田口さん。田口さんは、彼女いるのかしら」

いきなり予想外のことを聞かれて、良太は咽《むせ》んだ。危うくご飯を吐き出しそうになる。水を飲み、どうにか流しこんだ。

「いいえ……いません」

「あら、そうなんだ。じゃあ、どれくらい、していないの？」

「えっ……」

人妻とはいえ、あゆみの口から「していない」というあからさまな言葉を聞き、またも良太は狼狽《うろた》える。

「どれくらい我慢しているのかしら？」

「どれくらいって……いや、ずっとです……」

と良太は正直に答える。あゆみ相手に見栄《みえ》を張っても仕方がない、と思った。

「え、ずっとって……その、ずっとってこと？」

「そうです。今までずっとって意味です」

「うそ……生まれてから、ずっと我慢《がまん》しているのっ」

あゆみが異生物を見るような目で、良太を見つめてくる。

別に子供の頃から我慢していたわけではないので、〝生まれてずっと〟はさすがにオーバーだが、いまだ童貞《どうてい》なことに変わりはない。

「そうです……」

「ああっ、そうなのね……つらいよね」

二十一まで童貞と言っても、あゆみは軽蔑などせず、むしろ共感してくれていた。嬉《うれ》しい反面、ふと不思議になる。

人妻なのに、エッチ無しの日々を過ごす良太に共感？　どういうことだ。

「私もね、そうだなあ……。もう三ヶ月くらい、我慢しているのよ」

といきなりあゆみは、旦那とやっていない期間を常連客に告白した。

「奥さんが、我慢……」

思わず、Tシャツ越しの高く張った胸元を見つめてしまう。あの大きなおっぱいが、もう三ヶ月も揉《も》まれていないなんて……。

「旦那、女がいるの」

「そ、そうなんですか……」

良太は、ちょっといかつい雰囲気の、ここの店主の顔を思い浮かべた。押しの強い中年という感じだが、そこまでモテるタイプにも思えない。

「それは、た、確かなんですか」

他に言えることもなくて、恐る恐るあゆみに訊《き》いてみる。

「だって、私と三ヶ月もしないのよ。それ以外、考えられないでしょう」

「いや、ただ飲んでいるだけかもしれませんよ」

「男の人が、三ヶ月もエッチせずにいられるなんて、ありえないでしょうっ」

と言ってから、あらごめんなさい、という目で、あゆみが良太を見つめた。

「ねえ田口さん。どうやったら、ずっとエッチせずにいられるのかしら。教えて欲しいな」

「い、いや、それは……。僕も我慢できなくて、変になりそうです」

もう良太は、Tシャツの胸元から目を離せなくなっていた。その向こうに息づく巨乳が、透けてきそうな勢いで見つめる。

あゆみは完全に、それに気づいているはずだ。が、なにも言わない。

「ああ、そうなの……私も変になりそうなの……どうしたらいいのかな」

「い、いや、それはその……」

「オナニーはしない派なの」

「そ、そうなんですか……」

確かに、あゆみは変になってしまっている。常連客に、オナニーがどうとかいう話をしているのだ。

「もう変になりそうなんだけれど、主人以外の男の人と、軽々しくエッチなんて出来ないわ……そうでしょう」

「それは、そうですよね」

もはや、まったくご飯に箸を伸ばしていない。

「でも、しないと、変になりそうなの」

じっと良太を見つめ、あゆみがそう言う。

突然、良太は気づいた。これは、もしかして、誘っているのではないのだろうか。

これまでの人生で、女性に誘われた経験がないので気がつかなかったが、きっとこれはそういうことだ。

そうじゃないと、オナニーしない派とか告白しないだろう。これは、あゆみにはエッチするしか欲求不満を解消する手段はない、と言っているのだ。

良太は水をごくりと飲んだ。すぐに空になる。

すると、あゆみがコップを手に立ち上がった。ウォーターサーバーに向かう。良太はあゆみの後ろ姿をここぞとばかりにガン見する。

さっきもジーンズ越しのヒップラインを見たが、いい尻だな、くらいの気軽さで見ていた。今は違う。

やれるかもしれない。あの尻を好きに出来るかもしれない、という気持ちで見ているのだ。こんな気持ちで、女性の尻を見るのははじめてだ。

興奮度が違うことに気づく。すでに良太は勃起《ぼっき》していた。定食屋の人妻の尻を見て、勃起させるのは不謹慎だと思うが、びんびんになっているのだ。

あゆみがコップに水を汲《く》み、こちらに戻ってくる。

歩くたびに、Tシャツの下のバストの隆起が揺れるのがわかる。これまでは、エプロン越しだったから、よくわからなかったのだ。

あのおっぱいも、揉めるかもしれないっ。おっぱいを、おっぱいを揉めるっ。

「あっ」

とあゆみが目を見開く。あわててテーブルに寄ってくると、美貌を寄せてきた。

えっ、なにっ、いきなりキスかっ。

良太は思わず、生唾《なまつば》を飲み込んだ。

2

「鼻血が出てるわ」

と言うと、あゆみはハンカチで、良太の鼻を押さえてきた。

鼻血だってっ。なんとも情けない。これじゃあ、やりたいだけの童貞野郎じゃないか。いや、俺はまさに童貞野郎だ。やりたいだけの……。

「ああ、田口さん、すごい禁欲ぶりなのね……」

鼻血を出したのを笑われるかと思ったが、違っていた。あゆみは同情するような、わかるわよ、というような目で、良太を見つめている。

ああ、女神だっ。あゆみさんは俺の女神だっ。この女性と結ばれるために、これまで童貞だったんだっ。きっとそうだっ。

「あら、どうしたの」

「えっ」

「いや、うれしそうに笑っているから」

「笑ってました？」

うん、とあゆみがうなずく。そして、ハンカチを鼻から引いた。

「止まったようね。よかった」

と癒やし系の笑顔を見せる。おっぱいや尻があれだけ挑発的なのに、笑顔はあくまでも優しく、良太を受け入れてくれていた。

「田口さんが鼻血を出す気持ちもわかるの」

とあゆみが言う。

「私も、なんか、すごく心臓がドキドキしているの……」

ほら、とあゆみが良太の手を摑《つか》み、いきなり左の胸に導いてきた。

えっ。おっぱいっ。俺、今、あゆみさんのおっぱいを……。

Tシャツとブラ越しだったが、間違いなく、良太はあゆみの巨乳に触れていた。

「もしかして、田口さんと……と思うと、心臓がバクバクしているの」

おっぱいが大きすぎて、バクバクは手のひらにまったく伝わってこなかったが、逆に良太の心臓はバクバクとして、今にも飛び出しそうだ。

今、なんて言ったっ。もしかして、田口さんと、と言わなかったかっ。

「もちろん、だめよね……浮気はだめ……主人が他の女としているからって、私が他の男の人とするなんて、だめ。そうでしょう」

と言いながら、あゆみが強く良太の手のひらを押さえてくる。もっと強く摑めという意味かと思い、良太は思いきって、左のふくらみをむんずと摑んだ。すると、

「あっ……」

とあゆみが敏感な反応を見せた。

良太はさらに強く揉んでいく。

「あっ、あんっ……乳首が……すごく勃《た》っていて……あんっ、当たるの……どうしたらいいの、田口さん……ああ、私、あんっ、どうしたらいいの」

あゆみの瞳がじわっと潤《うる》んでいる。唇は半開きだ。

女に慣れた男だったら、すでにキスしているだろう。禁欲でいらいらするくらいなら、僕としよう、と風のように誘うだろう。すでにTシャツを脱がせ、ブラを取って、あゆみの乳房をじか揉みしているかもしれない。

が、良太はキスもせず、Tシャツを脱がせることもせず、ひたすら左の胸を揉んでいた。

あゆみは、良太から手を出して欲しがっているのだ。それくらいは良太にもわかる。

ほらっ、キスしろっ。

だが、どうしてもあと一歩を踏み出せない。

そのうち、良太は胸を揉んでいる手をぐいっと掴まれ、下げられた。ここまでか、と思ったが、違っていた。

あゆみは良太の手をTシャツの裾《すそ》から中に入れはじめたのだ。

いきなり、あゆみのお腹にじかに触れた。

えっ。これってっ。奥さんの肌っ。生肌っ。

あゆみはそのまま、良太の手を上げていく。すると、指先がブラに触れた。

えっ、うそだろうっ。えっ、ブラ、ブラジャーっ。

さすがの良太も自らブラ越しに摑んでいた。ぐぐっと押し込んでいく。すると、

「はあっ、あんっ」

とあゆみが甘い声を洩らす。

「奥さんっ」

良太はブラ越しにこねるように左の胸を揉んでいく。

「ああ、左だけじゃ、いや……」

そうだ。右も、右も揉まないとっ。でも、左から手を離したくないっ。そうだっ、もう片方の手もTシャツの中に入れればいいだけだっ。

と良太は鼻息も荒く、左手もあゆみのTシャツの中に入れていった。勢いをつけて入れたため、Tシャツの裾をたくしあげる形となり、人妻のお腹があらわれる。

さらに、ブラに包まれた乳房まで露《あら》わとなる。

「あっ、恥ずかしい……ああ、だめだめ、恥ずかしい」

ブラが露わになった途端《とたん》、あゆみが恥じらいを見せた。が、すでに時遅し。童貞の奥手な心と身体には火が点《つ》いていた。

良太はやめることなく、右のふくらみもブラ越しに摑んでいった。こねるように揉むと、ハーフカップから白い隆起が出てくる。

乳首がはみ出した。

「あっ、乳首っ」

と叫んだ時には、それを左手で摘《つ》まんでいた。

「あっ、あああっ」

あゆみが敏感な反応を見せた。乳首はかなりの弱点なのか、そもそも、女性は乳首を摘まれるとこうなるのか、よくわからなかったが、敏感な反応に煽《あお》られ、良太はあゆみの乳首をこりこりところがしていく。

と同時に、右手でブラカップをぐっとめくった。

たわわなふくらみがこぼれ出た。

「おっぱいっ」

と良太は目にしたままを叫びつつ、今度は右手で魅惑の乳房をじかに摑んだ。

あゆみの乳房はやわらかかった。ぐっと五本の指がやわやわのふくらみに食い入っていく。が、すぐに弾《はじ》き返してきた。それをまた、揉みこんでいく。

その繰り返しだったが、興奮した。おっぱいを揉むという行為は、男の本能だと思った。おっぱいがあれば、揉む。そして揉むことに無上の喜びを感じるのだ。

乳首を摘まんでいた指も引き、すぐさま、たわわなふくらみを摑んでいく。左右の手で左右のふくらみを揉みしだき続ける。

「あ、あああっ……ああっ」

あゆみは抗《あらが》うことはなかった。童貞野郎のおっぱい責めを、受け止め続けている。

今は良太は椅子に座った状態で、あゆみはその横にしゃがんだような体勢でいる。あゆみは立ち上がるだけで、乳揉みから逃れることが出来るのに、黙って乳揉みを受け入れていた。

顔を見ると、うっとりとしている。半開きの唇からは、絶えず火の喘《あえ》ぎが洩れていた。

この俺が、美貌の人妻を感じさせているんだっ。

オナニーとは違い、相手の反応がより喜びに繋《つな》がるのだと、良太は思い知る。もし、あゆみがマグロだったら、やめていただろう。と同時に、やっぱり童貞だから下手なんだ、と思ったかもしれない。

でも、あゆみは違っていた。欲望をぶつけるだけの良太の乳揉みに、感じてくれていた。

「あ、ああ……もっと……強く、おねがい……」

妖しく潤んだ瞳で良太を見つめ、あゆみが火の息を吐くようにそう言う。

あゆみさんもこんなエッチな目をするんだ、と感動する。

「こうですか」

とさらに強めに揉みしだいていく。豊満なふくらみを、五本の指でめちゃくちゃにしていく。

「ああっ、ああ……あんっ……」

感じているあゆみの美貌が目の前にある。そうだ。キスだっ、キスするんだっ。

今ならOKだろう。ほらっ、キスだっ。

「ああ、田口さんっ」

あゆみの美貌がぐっと迫った、と思った瞬間、良太は唇にやわらかなものを感じていた。

えっ、キスっ!?　これって、キスっ。

ぬらりと舌が入ってきて、良太の舌をからめ取ってくる。

あっ、気持ちいいっ。あゆみさんの舌、気持ちいいよっ。ああ、舌がとろけるよっ。

あゆみが唇を引いた。そして、

「ずっと揉んでいて……キスしながら、揉んでね……」

と優しく指南する。

「あっ、すいません。はじめてなもので……」

「キスもはじめてなの？」

「はい。すいません……」

なぜなのか、あゆみの前では素直になれる。やはり年上の人妻だからだろうか。二年以上通って、気心も知っているからだろうか。

思えば、すでにあゆみは良太の暮らしの一部になっていた。たいてい、夜はあゆみの定食屋で食べる。そして、ちらちらとあゆみを見て、いいなあ、と思ってきたのだ。

そのあゆみのおっぱいを揉み、キスまでしていた。

「ああ、すごく激しい……私の禁欲なんて、田口さんから見れば、甘ちゃんなのね」

禁欲の達人とかあるのだろうか。

再びあゆみの方から、キスしてきた。ぬらりと舌が入ってくる。唾液《だえき》がなんとも甘い。人妻らしく濃い目の甘さだ。

まあ、はじめて味わうので比較のしようがなかったが、きっと濃いはずだ。

良太はあゆみの唾液を堪能《たんのう》しつつ、ふたつのふくらみを強く揉んでいく。

「ううっ」

と揉むたびに、熱い息が吹き込まれてくる。

揉むだけじゃなくて、舐《な》めたくなる。そうだっ。あゆみさんの乳首を舐めるんだっ。

良太がさっと口を引くと、あゆみが切なく眉を寄せた。

「お、おっぱい、吸っていいですかっ」

と聞く。声が上ずっている。

「ああ、いいわよ……好きにして」

とあゆみが言う。好きにして、というフレーズに、ペニスがひくつく。

「好きにさせてもらいますっ」

と叫び、良太はあゆみの乳房に顔を埋めていった。顔面が、あゆみの匂いに包まれる。顔面全体で、やわらかさを感じる。

普段、あゆみがテーブルのそばを通る時、かすかに薫ってくる匂いを濃く煮詰めた匂いに包まれていた。

この匂いとやわらかさだけで、もう暴発しそうになる。かなり我慢汁が出ている気がする。

「乳首、吸って……」

とあゆみが言う。良太は硬くしこった乳首を口に含むと、じゅるっと吸っていく。

「はあっ、あんっ」

あゆみががくがくと上体を震わせる。口の中でさらに乳首が硬く、痼《しこ》りを見せていく。これも勃起ということなのだろうか。

とがると吸いやすくなり、さらに強く吸い上げる。

「あ、ああっ、ああっ」

あゆみが良太の後頭部を押さえてきた。

「うぐぐ、うう……」

あゆみの乳房で窒息しそうになる。このまま昇天したら、さぞ幸せだろう。いやだめだっ。童貞のまま、あの世に往《い》きたくはないっ。もう少しで、卒業出来そうなのだっ。

「ああっ、あんっ、ああっ」

あゆみはなおも、後頭部を押さえ続ける。良太の顔面が完全に、あゆみの乳房に埋もれていた。巨乳だから可能なことだ。

良太は格闘家がギブアップするように、あゆみの腰をタップした。が、あゆみはそれに気づかないようで、さらにぐりぐりとおっぱいで良太の顔面を圧迫してくる。

頭がくらくらしてきた。うう、本当にこのまま昇天しそうだっ。

「おうっ」

とうなりつつ、後頭部を押し続けるあゆみの手を押しのけるようにして、良太は乳房から顔面を引いた。

「ごめんなさい、興奮しすぎちゃったわ……ねえ、お詫びにおフェラさせてくれる」

あゆみが上気した顔で言い、良太は目眩《めまい》を覚え、椅子から倒れそうになった。

3

「奥に休憩部屋があるの」

と言って、あゆみが立ち上がった。店の奥へと向かいつつ、Tシャツを脱いでいく。

良太の視界に、人妻の背中があらわれる。おっぱいや尻にばかり目がいっていたが、華奢《きゃしゃ》な背中もそそることに気づく。なにより、ウエストのくびれが素晴らしい。

「田口さん。こっち」

良太に振り向き、あゆみがおいでと手を振る。それだけで、たわわに実った乳房が誘うように揺れた。

良太は乳房の揺れに引き寄せられるように、店の奥へと向かう。

調理場の横が小上がりのようになっていて、そこを上がると四畳半くらいの和室があり、布団が敷かれていた。

まさか今夜、俺とやるつもりで用意したのでは、と思った。

「やだ。勘違いしないでね。横になって休憩できるように、いつもお布団は敷いてあるのよ」

良太の勘ぐりを察したのか、乳房を露わにさせたまま、あゆみが恥じらうようにそう言った。頬《ほお》が赤く染まっている。

「ああ、私ばっかり脱いで……急に、恥ずかしくなってきたわ。田口さんも脱いで」

と和室に上がった良太の足元に膝をつき、あゆみがジーンズのベルトに手を伸ばしてきた。

「奥さん……自分で、やりますから」

「ううん。いいの」

あゆみは良太を見上げつつ、ベルトを外し、フロントのボタンを外していく。

この傅《かしず》かれる感じがたまらない。

人妻は良太を見上げつつ、ジッパーを下げていく。一連の動きは手慣れていた。旦那とエッチする時は、いつもこうやって傅いて、脱がせているのかもしれない。きっとそうだ。なんてうらやましい旦那なんだろう。こんないい奥さんがいながら、女を作るなんて……。

あゆみがトランクスといっしょにジーンズを下げてきた。

いきなり、弾けるようにペニスがあらわれ、あゆみの小鼻を叩いた。

「あんっ……」

「すいませんっ。大丈夫ですか」

あゆみはそれには答えず、反《そ》り返ったペニスを摑んできた。

「ああ、硬い……すごく硬いわ」

「そ、そうですか……」

「うれしいわ」

「う、うれしい……」

「だって、私のおっぱいに顔を埋めて、こんなになったんでしょう」

「そうですね……」

あゆみがゆっくりと胴体をしごきはじめた。それだけで切ない刺激を覚え、良太は思わず腰をくねらせる。

「あっ、我慢汁」

と言うなり、あゆみがぺろりと鈴口を舐めてきた。

「あっ、奥さんっ」

心の準備を整える前に、先端を舐められ、良太は思わず暴発しそうになった。かろうじて食い止める。が、先走りの汁がどろりと大量に出た。

「すごいわ」

あゆみがぺろぺろと舐め取ってくる。たまらない。先っぽ舐めだけでも、腰のくねりが止まらなくなる。我慢汁も止まらなくなる。

あゆみの舌が裏筋に向かった。我慢汁がついた舌腹で、ぞろりと舐めあげられる。

「あっ、それっ」

ぞくぞくとした快感に、良太はうめく。さらに勃起の角度が上がる。自分の指で触っても気持ちいいところだったが、やはり、女性の舌で舐められると、ペニスがとろけそうな快感を覚える。

ああ、フェラって、いいな。いや、まだ先っぽと裏筋を舐められただけだ。咥《くわ》えられたら、どうなるのか……。

と思っている矢先に、あゆみがぱくっと鎌首《かまくび》を咥えてきた。

「あぁっ」

先端が人妻の口の粘膜に包まれる。あゆみはくびれまで咥えると、じゅるっと唾液を塗《まぶ》すようにして吸ってきた。

「ああっ、あぁっ」

良太は女のような声をあげていた。気持ちよすぎた。まだ暴発していないのが、奇跡とさえ思える。

もし暴発したら、そこで終わってしまう。童貞のまま、このチャンスを終わりたくない、という執念が暴発を押さえこんでいるのだと思った。

あゆみはそのまま、唇を下げていく。反り返った肉茎も、あゆみの口に吸い込まれていく。

「ああ、あああ、奥さんっ」

良太の声が上ずり、情けない呻きを漏らす。

あゆみはそのままペニスの付け根まで頬張った。勃起したペニスのすべてが、定食屋の奥さんの口に包まれている。

まだ良太は童貞だったが、もう、これで充分男になった気がした。ペニスで美人妻の口を塞《ふさ》いでいるのだ。

いやいや、これくらいでなにを満足しているんだっ……。

気を抜いて射精してしまいそうになるのを堪えながら、良太は禁欲人妻の口粘膜を味わった。

「うんっ、うっんっ」

あゆみが美貌を上下させはじめた。反り返ったペニスを貪《むさぼ》り食ってくる。

「あ、ああ、あああっ」

良太は喘ぎ声をあげていた。まさか、自分がフェラされただけで、こんな情けない声をあげるとは思ってもみなかった。腰が勝手にくねってしまう。

たまらなかった。このまま出してしまいそうだ。

「うっんっ、うんっ、うっんっ」

あゆみの美貌は上下し続けている。じゅるっと唾液を塗しながら、吸い続けている。

「ああ、奥さん……だめです……出そうですっ」

出そうだと言えば、あゆみは口を引くと思った。口になんか、常連客のザーメンを受けたくないだろうと思ったからだ。

が、現実は違っていた。あゆみは口を引くどころか、さらに頬をぐっと凹《くぼ》めてきたのだ。吸い付きがさらに強くなった。

そのままで、美貌を激しく上下させてくる。それだけではなかった。垂《た》れ袋を右手で包み、やわやわと刺激を送りはじめたのだ。

これが意外と効いた。やはり人妻だけあって、性技がすごい。いや、あゆみがすごいのか。ともかく、垂れ袋への刺激が、ペニスにびんびん伝わってきた。

「出ますっ、出ますっ」

良太の方からペニスを引く手もあったが、万が一顔にかけてしまったら、お終《しま》いだと思い、出来なかった。一瞬であゆみが白けてしまい、童貞卒業への道が遠ざかると危惧《きぐ》したのだ。とにかく、この千載一遇のチャンスを逃したくなかった。

「うんっ、うんっ」

あゆみはまったくやめようとしない。もしかして、欲しいのか。俺のザーメンを口で受けたいのか……そう思った瞬間、暴発した。

「おうっ」

良太は吠えていた。あゆみの口の中で、ペニスが脈動した。

どくどく、どくどく、と二十一年ぶんの童貞の欲情を乗せたザーメンが、人妻の喉に向かって噴き出していく。

「う、うぐ……うう……」

あゆみは一瞬美貌をしかめたものの、唇を引くことなく、噴射を受け続けている。

その表情はうっとりとしていた。ザーメンって、喉でも受けると感じるものなのか。

「あ、ああっ、奥さんっ」

なかなか脈動が収まらない。あゆみの喉に出し続ける。

生まれてはじめて、女性の粘膜に出していた。残念ながらおま×こではなかったが、口も女の器官には違いない。

とにかく、オナニーで出すのとは比較にならないくらい気持ちよかった。出したぞっ、という開放感のようなものさえあった。

ようやく、脈動が収まった。ペニスを引こうとすると、あゆみが良太の尻たぼを摑んできた。

そのまま、根元まで咥えこみ、吸ってくる。

「ああっ、あんっ」

またも、良太は情けない声をあげる。

たっぷり出していたが、あゆみは吐き出していない。口に溜めたままで、ペニスを吸っている。不味《まず》くないのだろうか。むしろ、美味しいのか。

やっと、あゆみが唇を引いた。

「ティッシュ、どこにありますかっ」

と良太はあわてて休憩部屋を見回す。すると端《はし》の方に、ティッシュの箱があった。

それを取りに行こうとすると、ペニスを掴まれた。

えっ、とあゆみを見ると、ごくんと喉を動かしたのだ。

「奥さんっ」

二度、三度ごくんと喉を動かすと、あゆみが唇を開いた。

大量のザーメンを注《そそ》いだはずだったが、あゆみの口の中には一滴《いってき》も残っていなかった。

「飲んじゃった……美味しかったわ、田口さん」

「奥さん……」

目の前が霞《かす》んでいた。いつの間にか、良太は泣いていたのだ。はじめて女の口に出して、それをごっくんされて、感激のあまり泣いていたのだ。

「ああ、すごくあそこが熱いの……」

そう言うと、あゆみは立ち上がり、ジーンズを脱ぎはじめる。パンティがあらわれた。紫のセクシーなパンティだ。フロントがシースルーになっていて、べったりと貼り付くヘアーがわかる。

まさか、こんなエロいパンティを穿《は》いて、客に定食を配膳していたとは。

あゆみが長い足をくの字に曲げてジーンズを下げていく。絖白《ぬめじろ》い太腿があらわれ、膝小僧があらわれ、そしてやわらかそうなふくらはぎもあらわれる。

良太は人妻の色香に圧倒されていた。次々と露わになる肌の白さに、くらくらしていた。

あゆみが足首からジーンズを抜いた。彼女の身を覆うのは、もう紫のエロエロパンティだけとなる。

4

「あっ、もう……」

とあゆみが驚きの声をあげる。視線の先には、良太のペニスがあった。見ると、いつの間にか、勃起を取りもどしていた。ついさっき、あゆみの喉に出しまくったはずだったが、そんなのがうそのように、びんびんに勃起させていた。

「すごいわ、田口さん……」

そう言って、ペニスを摑んでくる。ぐいっとしごきつつ、

「お名前、教えてください」

と聞いてくる。

「良太です。田口良太です」

「良太さん……私は、あゆみです……鮎が美しいと書きます」

「鮎美《あゆみ》さん」

あゆみの口からじかに名前を聞き、良太は感激する。

「あっ、大きくなったっ」

ずっと握ったままの鮎美が驚きの声をあげる。

「鮎美さんの名前を知ったからです」

「えっ、名前を知っただけで、大きくさせたの」

「そうです」

「変な、良太さん」

優しい声で、良太さん、と呼ばれ、良太はさらに感激する。

「ああ、すごい。また大きくなったわ」

鮎美はたくましく反り返るペニスをゆっくりしごきつつ、火のため息を洩らす。

「あ、あの、パンティ……いいですか」

「いいわよ。脱がせて、良太さん」

良太と呼ばれるたびに、ペニスがひくつく。女性に名前を呼ばれることが、こんなにうれしいことだとは思いもしなかった。

良太は鮎美のパンティに手を伸ばした。サイドを摑む。指が震える。

鮎美はなにも言わない。いかにも経験がない良太の拙《つたな》い手つきを、女神のような表情で受け入れてくれている。ああ、初体験の相手が鮎美さんで良かった。年上の人妻で良かったっ。

鮎美とふたりきりでいて、もちろん緊張はしていたが、とても素直になれていた。そのおかげで、良太は緊張しつつも動けている。欲望のままに勃起もしていた。

フロントシースルーのパンティをめくった。すると、濃い目の恥毛があらわれた。

「ああ、鮎美さん……」

パンティをぐっと下げると、恥ずかしい、と鮎美が両手で恥部を覆《おお》う。

良太はその場に膝をついた。目の前に鮎美の両手が迫る。その手を良太は摑み、脇へとやった。鮎美はされるがままだ。

あらためて、鮎美の恥部が露わとなる。しかも、良太の目の前だ。

濃い目の陰りがヴィーナスの恥丘を覆っている。割れ目は見えない。そしてなにより、そこからは普段の鮎美の匂いを濃く煮詰めたような、芳香が漂《ただよ》ってきていた。

「触って、いいですか」

「いいわ……」

鮎美の声が甘くかすれている。もろに陰りを見られて恥ずかしいのだろうが、それ以上に、感じているように見えた。

良太は手を伸ばした。人妻の陰りを撫でる。するとそれだけで、

「あっ……あんっ……」

と鮎美が敏感な反応を見せた。

その反応に刺激を受けて、良太はそろりとさらに撫でていく。偶然、クリトリスに触れたのか、

「はあっんっ」

とひときわ大きな声をあげて、鮎美はぶるっと下半身を震わせた。

クリだ。クリをいじるんだ。

濃い目の陰りの上の方を指先でまさぐっていく。すると指先に肉の芽のようなものが触れた。ここだと思い、つんと突く。

「あっ、あんっ」

鮎美がぶるっと腰を震わせる。

良太はクリトリスを摘まむ前に、顔面を押しつけていた。

「あっ、良太さんっ」

顔面が、鮎美の匂いに包まれる。おっぱいの時より、もっと牝《めす》を感じる匂いだ。それに、恥毛の感触もたまらない。新鮮な刺激だ。

良太はそのまま、クリトリスを口にした。じゅるっと吸う。

「ああっ、それっ、それ、それっ」

鮎美が期待以上の反応を見せる。やはり、かなりの欲求不満なのだ。だから常連の良太を誘惑したのだ。

そう思えば、よそに女を作って鮎美のからだを放って置いている旦那には、感謝しなければならない。

良太はちゅうちゅうとクリトリスを吸い続ける。

「あ、あんっ、やんっ、それ、ああっ、クリ、いいのっ」

やはりクリトリスは女性にとって、急所中の急所のようだ。絶えず下半身がうねっている。

割れ目だ。割れ目をっ、とクリトリスを吸いつつ、良太は鮎美の入り口を指で探る。指先に陰唇が触れた。ここだ、と開いてみると、むせんばかりの牝《めす》の匂いが噴き出してきた。

良太は顔を引いた。

漆黒の茂みの中から、真っ赤に発情したおんなの粘膜があらわれていた。

黒と赤の対比が、なんとも鮮やかで、なによりエロかった。

「これが、おま×こ」

「ああ、そうよ。それが、おま×こよ……ああ、どうかしら」

火の息を吐くように、鮎美が聞いてくる。

「綺麗です。綺麗だけど、なんか、すごくエロいです。すいません」

「ああ、うれしいわ……もっと見て」

おま×こに自信があるのだろうか、鮎美は手で隠すことなく、常連客の目におんなの粘膜を晒《さら》し続けている。

実際、鮎美の花びらは魅力的だった。すでに赤く発情し、しかも大量の愛液があふれていた。人妻だったが、あまり使っていないようにも思える。

まあ、生まれてはじめて媚肉《びにく》を見る童貞男の感想だが……。

いるなんて。

「ああ、動いてます」

「そうね……そこも私の一部だから……」

「おま×こも、鮎美さんの一部……」

当たり前だが、なんとも不思議だ。こんな淫《みだ》らなものを、身体の奥に秘めて生きているなんて。

見ているだけで、鮎美の穴になにかを入れたくなる。

なにかってなんだ？　指？　いや違う。ち×ぽっ、ち×ぽだっ。

鮎美の穴の方も、入れられるのを待っているように見える。

「ああ、どうしたいの……ああ、鮎美のおま×こ見て……どうしたくなったかしら」

「入れたいですっ。物凄く入れたくなりましたっ」

と叫ぶなり、良太は顔面を割れ目に押しつけ、そのままの勢いで、鮎美を布団に押し倒した。

恥部から顔を起こすと、シャツを脱いでいく。エッチする時は裸だ、という意識があったのだ。Tシャツも脱いでいる間、鮎美は仰向《あおむ》けになって息を弾《はず》ませている。

待っているのだっ。良太が入れるのを。今日まで見ていることしかできなかった、定食屋の美人の奥さんが。

裸になった良太は鮎美の両膝を摑んだ。ぐっと割って間に腰を入れていく。反り返ったペニスが鮎美の恥部に迫る。

「ああ、すごい我慢汁」

と鮎美が言う。先端はあらたなカウパー液で真っ白になっていた。良太はそれを、鮎美の茂みにがむしゃらに押しつけていく。

ぐっと押すも、割れ目に入らない。

「落ち着いて、良太さん。私の穴は逃げないから」

「はい、鮎美さん……」

良太は深呼吸をする。確かに、鮎美の入り口は逃げない。入れたがっている良太以上に、鮎美は入れられたがっているのだ。

茂みを梳《す》きあげると、割れ目がのぞいた。それはややほころび、真っ赤な粘膜がちらりとのぞいていた。

ここよ、と教えているように見えた。

「ああ、ありがとうございますっ」

思わず花びらに礼を言い、良太はそこに鎌首《かまくび》を当てた。

「そう。そこよ。そのまま、入れて」

火を吐くように、鮎美が言う。

はいっ、と良太は腰を突き出した。鎌首が小さな割れ目にめりこんでいく。と同時に、媚肉穴がぐぐっと広がっていく。

真っ赤な粘膜が広がったと思った瞬間、ぱくっと咥えこまれた。

5

「ああっ」

鎌首が燃えるような粘膜に包まれ、良太はうめいた。

「突いて」

鎌首だけでも充分気持ちよかったが、言われるまま、ぐぐっと腰を進める。野太い鎌首が、からみつく肉の襞《ひだ》を巻き込むようにして奥へと入っていく。

「あうっ、うんっ」

鮎美が形のいいあごを反らす。

この埋めていく感じがたまらない。おんなの穴は塞ぐもので、塞ぐためにち×ぽは勃起するんだと実感した。

先端だけではなく、胴体も鮎美の粘膜に包まれる。奥まで入れると、それがくいくい締まりをみせはじめた。

「ああっ、奥さんっ……」

「もっと奥まで」

と鮎美が言い、良太は深々と突き刺しながら、上体を倒していく、すると、鮎美がしなやかな両腕を伸ばしてきた。二の腕を摑み、ぐっと引き寄せられる。

口を奪われた。ぬらりと舌が入ってくる。

ああ、今、鮎美さんの下の口と上の口を同時にものにしているんだっ。

鮎美が両足を良太の腰にまわしてきた。今度は足で股間を引き寄せてくる。

「ううっ」

火の息が良太の喉に吹き込まれる。

密着度が一気に上がった。胸板で乳房を押し潰し、股間でクリトリスも押し潰している。

「ああ、すごい……硬い……ああ、おち×ぽ、ずっと硬いの……」

「二十一年ぶんの勃起です」

「ああ、そうね……私がはじめてで良かったかしら」

鮎美が潤んだ瞳で見上げてくる。

「最高です。今までずっと童貞で、良かったですっ」

「ああ、うれしいこと言ってくれるのね。良太さんって、口が上手い人だったかしら」

「口下手ですよ。今だけ、イケメンなんです」

「ああ、良太さんっ」

また、鮎美の方からキスしてくる。ぬらりと舌が入ってくる。これはうれしいことだったが、その反面、気持ちよすぎて、またも、暴発しそうになる。

上下の穴塞ぎの密着エッチは、童貞野郎には、かなり刺激が強すぎた。

「ああ、突いて」

と鮎美が言う。そうだ。まったく突いていなかった。ち×ぽ全体がおま×こに包まれ、締められているだけで満足してしまっていた。

オナニーならそれでいい。でもエッチは相手がいるのだ。自分ばかり満足していてどうする。今だけイケメンなら、イケメンらしく、鮎美をよがらせるんだ。

良太は思いきって、腰を上下に動かしはじめる。

ぐぐっと引き、そして、ずどんっとえぐる。

「ああっ……」

一撃めで、鮎美が歓喜の声をあげた。その敏感な反応に煽られ、抜き差しを続けていく。

「あ、あああっ、あああっ、いい、いいっ」

突くたびに、鮎美が愉悦《ゆえつ》の声をあげる。たわわな乳房がゆったりと揺れる。白い肌がじわっと汗ばんでくる。

これだっ、これこそがエッチだっ。勃起したち×ぽで突き、それに、相手がよがり声で応える。

強く突くと、ああっ、とよがり声も大きくなる。だから自然と力強い抜き差しとなっていく。

「ああ、いい、いい……すごいわ、良太さんっ」

鮎美が妖しく潤んだ瞳で見上げてくる。その瞳は、素敵、と告げていた。

当たり前だが、すごいと褒められれば調子に乗る。良太は、もっと泣かせてやるために突きまくった。

「ああ、あああっ、あああっ」

鮎美がしなやかな両腕をしどけなく布団に投げ出す。露わになった腋《わき》の下も汗ばんでいる。

それを見て、いよいよ暴発しそうになる。まずいっ、と良太は動きを止めた。

「あんっ、じらすのね……」

と鮎美がなじるような目を向けてくる。

「童貞のくせして、生意気ね」

と言い、ぎゅうっと奥まで入っているペニスをおんなの穴で締め上げてきた。

「ああ、ああっ」

今度は良太が声をあげていた。

「出ますっ、そんなに締められたら、また、出ますっ」

「あら、勝手に二度も出すつもりなのかしら」

いつの間にか、鮎美が小悪魔のような顔になっている。

「すいません。でも、ああ、ああ、そんなにされたらっ」

出るっ、と叫ぶ直前に、おま×この締めが緩《ゆる》んだ。

「抜いて、良太さん」

「えっ……」

勝手に二発目も出そうとして、鮎美の怒りを買ったのか。ここでお終いなのか。

「体位を変えて、良太さん」

小悪魔から一転して、はにかむような表情で、鮎美がそう言った。

「体位を、変える……ああ、そうですね……すいません。まったく気がつかなくて」

やはり俺は童貞だ。正常位だけで、勝手にフィニッシュを迎えようとしていた。

「おち×ぽ、いっぱい味わいたいの」

と鮎美が囁《ささや》くように言う。ずっとこのまま鮎美の中に入れていたかったが、別の形で突くのも魅力的だった。

はい、と良太は腰を引いていく。すると裏筋が逆方向から擦《こす》られて、違った刺激がペニスを襲った。

「あっ、あんっ」

良太は情けない声をあげて、ちょっと引くたびに動きを止める。

鮎美はそんな童貞丸出しな良太を優しく見つめ、待っている。やはり女神だ。

6

どうにか暴発せずに、ペニスを抜いた。先端から付け根まで、人妻の愛液でぬらぬらになっている。

鮎美が上体を起こし、膝立ちの良太の股間に、上気させた美貌を埋めてきた。

「あっ、奥さんっ」

あっ、と思った時には、ペニス全体が鮎美の口に包まれていた。

汚いです、と言おうとして、舐めている愛液は鮎美自身のものだと気づく。汚いなんて失礼だ。でもよく、自分の愛液がついたペニスをしゃぶれるものだ。

「うんっ、うっんっ、うんっ」

鮎美は貪るように、自分の中に入っていたペニスをしゃぶっている。

「あ、ああ……だめです……また、口に出してしまいそうですっ」

そう叫ぶと、鮎美が唇を引いた。美貌の前で、唾液に塗《ぬ》り変わったペニスがひくひく動く。

「バックから入れて……」

と言うと、鮎美は布団の上で、裸体の向きを変えていく。
バ、バック……。
良太が一番好きな体位だ。もちろん、見るときの話だ。

いや違うっ、これまで見る側だったけれど、今はやる側になっているんだっ。

俺もやるんだっ。美人を四つん這いにさせて、バックから突っ込むんだっ。

またも鼻息が荒くなり、どろりと大量の先走りの汁が出た。

良太の前に、人妻の双臀《そうでん》が差し出されてくる。むちっと熟《う》れた尻だ。

良太は尻たぼに触れた。すると、すべすべの柔肌が手のひらに吸い付いてきた。

ぐっと開くと、尻の狭間《はざま》の底に、小さな窄まりが見えた。あれは尻の穴か。そうだよな。綺麗な穴だ……。

「あんっ、今、お尻のあ、穴を、見ているでしょう……だめよ、そんなとこ……恥ずかしすぎるわ」

四つん這いでいても、尻の穴を見られているのがわかるようだ。それくらい、良太の視線の熱が強いということか。

「綺麗ですよ。尻の穴」

と良太は褒める。

「ああ、恥ずかしい……明日から、どんな顔をして定食を出せばいいの……ああ、もう、後ろの穴まで見られてしまったのよ」

剝《む》きだしの尻穴が、恥じらうようにひくひくと収縮する。

そうだ。俺は鮎美さんの肛門まで見てしまったのだ。そして、そればかりではない。

「もう、フェラ顔もよがり顔も見てますよ」

「あんっ、いじわる……鮎美のエッチな顔は、もう忘れて」

そう言いつつ、はやく入れてと言うように、ぐぐっと双臀を突き上げてくる。

良太は鎌首を尻の狭間に入れていく。

思わず、尻の穴を突きそうになる。たぶん、ここは処女だろう。

「お尻はだめよ……」

と気配を察したのか、鮎美がそう言ってくる。尻に目でもついているのか。いや、尻の穴が目なのか。

「処女ですか」

と思わず聞いてしまう。

「えっ……」

「お尻の穴、処女ですか」

「ああ、当たり前でしょう……そこは入れる穴じゃないのよ。童貞だからって、間違えたふりをしないでね」

なるほど。間違えたふりをして突けば良かったか。というか、これは間違えたふりで突いてもいいわよ、という合図《あいず》なのではないのか。いや、さすがに考えすぎか。

「ああ、はやくバックから入れて、良太さん」

やはり考えすぎのようだった。良太は鎌首を蟻《あり》の門渡《とわた》りに進めていく。そこをなぞっただけで、はあっ、と鮎美が尻をくねらせる。

じっとしていて、というように良太は尻たぼをぐっと摑んだ。そして草叢《くさむら》に覆われた入り口へと矛先《ほこさき》を向けていく。

茂みの隙間から、わずかに割れ目がのぞいていた。やはり後ろからの方が、丸見えで入れやすい。童貞が最初にするときは、バックですべきではと思った。

まあ、良太が最初からバックで入れていたら、即昇天しただろうが。

割れ目へと鎌首を潜らせる。

「あっ、そこよ。そのまま、おねがい」

鮎美に言われるまま、鎌首をぐっと進める。ペニスに押しのけられるようにして、割れ目がじんわり開き、ついに、ぱくっと鎌首を咥えてきた。

「ああっ」

と鮎美と良太は同時に声をあげる。

「ああ、入れて。奥まで入れて」

良太はぐっと腰を突き出す。じわじわと鎌首がめりこんでいく。正常位とは挿入の角度が変わり、感じる部分も変わってくる。

「ああっ、それっ。もっとっ」

視覚的な刺激も強い。バックはよがり顔と揺れるおっぱいが見れないぶん、そんなに良くないのでは、と思っていたが、実際後ろから入れてみると、征服感が半端《はんぱ》ではなかった。

美人の人妻を四つん這いにさせ、尻から入れている状態は、俺がち×ぽ一本で支配しているんだという気にさせてくれる。

思わず、おらっ、と尻たぼを張った。もちろん手加減して、ぴたんっ、くらいだ。すると、鮎美は怒るどころか、あんっ、と甘い声をあげ、ぶるっと尻を震わせた。

その動きに煽られ、もう一発、ぴたっと尻たぼを張る。

「あんっ、張るのなら、もっと強く……ああ、奥まで入れながら、強く張って！　良太さんっ」

と鮎美は強く叱咤《しった》してくるではないか。

良太はぐぐっとペニスをめりこませていく。

「あうっ、うう……大きい……ああ、硬くて、大きいのっ」

ぶるぶると双臀がうねる。

入れている穴の上に、はっきりと尻の穴が見える。それが、ずっときゅきゅっと収縮している。

尻たぼを摑み、さらに奥まで突き刺していくと、鮎美の背中が反ってくる。

良太は腹を決め、望み通りに力を込め、ぱんぱんっと尻たぼを張る。すると、

「あんっ、あんっ」

と鮎美がさらに甘い声をあげて、がくがくと双臀をうねらせた。おま×この締まりはかなりきつく、奥まで貫《つらぬ》いているだけでも充分だ。が、ここでさらに抜き差ししないと、人妻は満足しないだろう。

エッチは相手が満足して、はじめて完結するものなのだ。

良太はピストンをはじめた。ぐぐっと突き、そしてペニスを引くなり、すぐさまずどんっとえぐっていく。

「ああっ、いいっ、ああ、バックいいのっ」

鮎美が歓喜の声をあげる。背中や尻たぼに、あらたなあぶら汗がにじみ、むせんばかりの牝の匂いが立ち昇りはじめる。

「もっと、ぶってて、主人以外とエッチしている鮎美を罰してっ」

「そうだっ。この浮気女っ」

すでに昂《たか》ぶった良太は、鮎美に乞《こ》われるまま、ぱあんっと力を入れて尻たぼを張る。

肌白い肌に、うっすらと手形が浮かび上がった。

それに良太はさらなる興奮を覚え、抜き差しを強めていく。

「いい、いいっ、いいっ……すごいわっ、ああ、本当に童貞だったのっ!?……」

「童貞ですっ、ずっと、我慢していましたっ」

二十一年間の我慢を、鮎美の媚肉にぶつけていく。

「あ、ああっ、いきそう……ああ、いきそうなのっ」

えっ、鮎美さんが俺のち×ぽでいきそうだってっ。

「僕もいきそうですっ」

「ああっ、いっしょにっ……ああ、良太さんっ、鮎美といっしょに、いってっ」

「いきますっ、いっしょにいきますっ」

鮎美の媚肉が強烈に締まり、良太も我慢の限界に達した。

「出ますっ」

「来てっ」

おうっ、と吠え、良太は射精した。二発目と思えないほどの勢いで、どぴゅどぴゅっと人妻の中にザーメンが向かって行く。

「あっ……い、いく……」

と鮎美がいまわの声をあげる。

鮎美の、いく、という言葉を耳にして、射精しつつ良太はあらたな興奮を覚える。脈動の勢いが止まらない。どくどく、どくどくと噴射し続ける。するとまた、

「いくいくっ……」

と鮎美が叫び、ぐぐっと背中を反らした。バックの海老反《えびぞ》りだ。

AVを見て自分でしごきながら、いつかは俺も女をこんな風にいかせたい、と夢見ていたが、ついに、ついに、その時が来た。

脈動が終わった。ああ、と鮎美ががくっと腕を折り、布団に突っ伏す。それでいて、ペニスを咥えている双臀だけは、高々と差し上げたままだ。

禁欲し続けた人妻の、ペニスに対する執着が、尻の動きにあらわれていた。

ペニスが抜けた。すると鮎美は上体を起こし、またも膝立ちの良太の股間に汗ばんだ美貌を埋めてきた。

「ああ、奥さん……僕、男になりました」

良太は感激のあまり、目を潤《うる》ませていた。

鮎美の方は、良太の感動に関係なく、出したばかりのペニスを根元から吸っている。

「ああ、お掃除フェラ……うれしいです」

くすぐった気持ちよさに、良太は腰をくねらせる。

鮎美は、うんうんとうなって、ペニスを強く吸い続ける。これってもしかして、お掃除フェラじゃなくて、また勃たせるためのフェラじゃないのか……？

ふとそう思った時に、鮎美が美貌を引いた。股間は七分勃《しちぶだ》ちまで戻っている。

それを見て、鮎美が布団に仰向けになった。自ら両足を抱え、ぐっと引き上げて見せる。

濃い目の陰りから、中出ししたザーメンがあふれてくる。

「ああ、欲しいの。もっとしよう、良太さん」

「も、もっと、ですか……」

二発出して、良太は満足していたが、鮎美はもっと貪《むさぼ》りたいようだ。

「あら、これでお終《しま》いなのかしら。良太さんの禁欲って、たった二発で解消出来るものだったの？」

「い、いや……」

「私はまだよ。ぜんぜん、まだ」

鮎美の絖った瞳が、八分勃ちまで戻りつつあるペニスにからんでいる。

「ぼ、僕もまだです」

「そうよね。ずっと禁欲童貞だったのに、たった二発出したくらいで、満足していないわよね」

「してませんっ、ああ、奥さんっ」

良太は三発目を出すべく、人妻の中に正面から入れていった。

「ああっ、良太さんっ」

鮎美があごを反らし、良太の名前を呼んだ。

第二章　幼なじみは欲求不満お姉さん

1

「いらっしゃいっ。二名様、こちらにどうぞっ」

入店と同時に、威勢のいい声が店内に響く。

田口良太は、とある中堅チェーンの居酒屋に来ていた。ここでは、地元の幼なじみが店長として働いている。

山崎由梨佳《やまざきゆりか》。良太より五つ上の二十六歳だ。彼女は昔から周囲の目を引くような美人で、大学入学と共に上京し、そのまま東京の会社に就職した。

商品開発部にいると聞いていたが、何日か前に急に「今、うちの関連企業の居酒屋で、店長として働いているの」と電話があったのだ。その声にはひどく覇気がなく、良太は驚いてしまった。

　由梨佳はもともと、とても明るく活発な女性だ。彼女が就職してからも、たびたび電話で話したりはしていたが、ここまで元気がない声は、はじめて聞いた。

『商品開発部にいたんじゃなかったの？』

　と訊《き》くと、

『そう、正式には商品開発部にいるの。でも同時に、店長と兼任になったの。人手不足で、若手社員が店舗に回されているのよ』

　と由梨佳は答えたのだ。

『兼任……』

　そんなことってあるのだろうか。いや、実際に由梨佳がそういう仕事をしているのだから、あるのだろう。

　由梨佳は別に店に来てとは言わなかったが、良太は心配となり、とにかく店に行ってみることに決めたのだった。一人で行っても売り上げに貢献出来ないだろうから、部の連中を連れて行こうと思った。

　良太は大学で文芸部に所属している。本が読まれない現代では、もう化石のような部だったが、意外と入部希望者はいて、二十人ほどいた。

まず良太は、四年の白石玲奈《しらいしれな》先輩に飲みませんか、と誘い、了解を取り付けた。玲奈は女優と見紛《みまが》うような美貌の持ち主で、部員の男は揃《そろ》って彼女に憧《あこが》れている。

良太にとっても高嶺《たかね》の花だったのだが、たまたま好きな作家が同じだったことから話をするようになり、たまに読んだ本の感想などを言い合ったりする仲だった。

まあ、向こうは良太のことを、男としてまったく意識していないのだが……。

ともかく、うまく玲奈を誘うことに成功した良太が、飲み会に玲奈先輩が来るぞ、と他の部員に一斉メールすると、予想通り参加者は激増した。

うまくいった、と喜んだ良太だったが、現実はやはり甘くない。今朝になってから、急に就職の面接が入って行けなくなった、と玲奈から連絡が来てしまったのだ。それを皆に伝えると、用事が出来た、と誰も来なくなってしまった。

たったの一人だけ来てくれたのが、今、良太の目の前の席で静かに文庫本を読んでいる後輩の夏目茉優《なつめまゆ》だ。

二十歳の二年生で、ボブカットが似合う可憐《かれん》な容貌の女子大生。いつも本を読んでいて、眼鏡をかけているのが特徴だ。眼鏡ごしにも美女だとわかるが、それを外すと、白石玲奈と張り合うくらいの美貌となるのだった。

が、男性部員には人気がなかった。秘《ひそ》かにはあるのかもしれないが、物凄くおとなしく、話すとっかかりがないので、部の中では少し浮いている女性なのだ。

すすんで酒の場に来るタイプでもないから、良太も一応は彼女を誘ったものの、来ないと思っていた。が、どういうわけか茉優だけが来た。

今も飲み屋の喧噪《けんそう》の中、静かに文庫本を読んでいる。いったいなにを読んでいるのか、とても気になる。一度だけ聞いたことがあったが、眼鏡の奥から冷たく一瞥《いちべつ》されただけだったので、それ以来、触れないようにしていた。

「いらっしゃいませ……」

良太と茉優のテーブルに、由梨佳がやってきた。店長自ら接客だ。

揃いのポロシャツとパンツの上から、居酒屋の制服でもあるエプロンを着けている。

「久しぶり」

と良太も挨拶する。同じ都内に住んでいたが、由香里が就職してからはほとんど会うことがなかった。とにかく仕事が忙しいと聞いていたが、さらに店長職まで加わって、忙しさは限界になっているのでは、と心配した。

実際、久しぶりに見る由梨佳は、目の下に隈《くま》があって、かなり疲れているように見えた。

「たくさん連れて来ようと思ったんだけど、ふたりだけでごめんね」

「ううん。来てくれてうれしいわ」

と由梨佳が笑顔を見せて、良太を、そして差し向かいに座っている茉優を見る。さすがに今は、茉優は文庫を伏せていた。

「へえ、いつの間に彼女を作っていたの」

茉優を見ながら、由梨佳がからかうように言った。

「えっ……」

「彼女でしょう」

「ち、違いますよっ」

と良太は大声をあげるが、なぜか茉優はなにも言わなかった。それどころか、ちょっとはにかんだような表情を見せているではないか。

単におとなしいから否定しなかっただけなのか、脈ありなのか、よくわからない。

でも、茉優のはにかむ表情はぐっときた。

「なあんだ、彼女ではないのね」

なぜか、由梨佳は念を押すように聞いてきた。

良太がうなずくと、由梨佳はどうしてか、ホッとしたような表情を浮かべた。えっ、なにっ。俺に彼女がいてはまずいのか。えっ、由梨佳、俺に気があるのかっ。

由梨佳は昔から美形だったし、しかも、かなりの巨乳だ。幼なじみとはいえ、良太はいつも高く張った胸元を見るたびに、密かにドキドキしていた。

今も、彼女のエプロンの胸元は高く張っている。

良太が思い出したように料理を注文すると、ありがとうと言って由梨佳は去った。その後ろ姿を眺めやりながら、茉優に視線を戻すと、すでに読書に戻っていた。

「それにしても由梨佳さん、疲れてるみたいだ。大丈夫かな……」

と思わず独り言をつぶやく。なにか励ましてあげたいとは思うが、彼氏でもないわけだし、励ましようがない。せいぜい、売り上げに協力するくらいか。

ビールがやってきた。驚くべきことに茉優も生ビールを注文していた。てっきりウーロン茶あたりを飲むと思っていたのに、本当によくわからない後輩だ。

乾杯、とグラスを合わせようとしたが、その前に茉優は勝手に飲みはじめてしまった。ごくごくと白い喉を動かして、生ビールをぐいぐい飲み干していく。

その意外な飲みっぷりのよさに、良太は唖然《あぜん》となった。

こう見えて酒好きなのか。強いのか。

いきなり八割近く飲むと、ジョッキを置いた。そして、良太を見つめる。

「先輩、飲まないんですか」

と言う。茉優の方から話しかけてきて、良太は驚く。いや、これくらいは話しかけたに値しないかもしれないが、とても珍しいことだった。

「い、いや飲むよ」

良太もジョッキを持ち、ごくごくと飲んでいく。すでに茉優は読書に戻っていた。

不思議なことに、こうして文庫本に目を落としっぱなしの茉優とふたりだけで向き合っていても、なぜか気詰まりではなかった。

一時間くらい飲んだり食べたりしていると、茉優がトイレにでも行くのか、席を立った。するとすぐに、由梨佳が寄ってきた。

「良太くん。おねがいがあるの」

深刻な表情で、由梨佳がそう言ってくる。

「うん……どうしたの？」

「今夜この後、時間あるかしら」

「ああ、あるよ。久しぶりだから、ちょっと飲む？」

由梨佳はじっと良太を見つめ、

「ここ、午前零時に閉店なの。それから後片づけをして、バイトを帰して、私一人だけになるのが午前一時くらいになるかな。一時くらいに、ここに来て欲しいの」

「一時に、ここに……」

「無理なら、いいの」

「無理じゃないけど、明日も会社でしょ。帰って寝たほうがいいんじゃ……」

「したいの」

と由梨佳が遮《さえぎ》るように小声で言った。そして、ぽっと頬を赤らめた。

「えっ、し、したいって……なにを……」

「馬鹿ね。女がしたいって言ったら、決まっているでしょう」

茉優が戻って来た。おねがいね、と言って由梨佳がテーブルから離れていく。

良太は由梨佳の後ろ姿を見ながら、したい、したい、と反芻《はんすう》する。

したいって、エッチのことかっ。

「うそだろうっ」

と思わず声をあげてしまう。

茉優はそれにはまったく反応を見せず、ふと気がついたように、

「そろそろ帰ります」

と言った。

急に帰ると言い出されて良太は驚いたが、二人きりで飲むのは、茉優としてもやっ

ぱり気まずかったのかもしれない。無理もないと思った。

「え？　あ、ああ、わかった。じゃあ、そろそろ出ようか。悪かったね、無理に来てもらって」

「……無理には、来てませんよ……。楽しかったです」

とまったく楽しそうには見えない顔で、茉優がそう言う。

「えっ……そ、そう……。それは良かった」

「あの……」

「なに」

「駅まで送ってくれませんか。やっぱり、一人は……」

「もちろん、送るよ」

会計を済ませていると、料理を運ぶ由梨佳が通りがかった。

「ありがとうございました」

と彼女は頭を下げ、同時に耳元で、あとでね、と囁《ささや》く。

すごいぞ。これはまるで、仕事が終わったらやりましょう、という恋人同士の合図じゃないか。いや待て、考えすぎか。いや、そうでもないぞ。だって由梨佳はさっき、女がしたいと言ったら決まっているでしょう、と言ったじゃないかっ……。

「田口さん？」

良太がぼんやり考えていると、店の入り口から茉優が声をかけてきた。

思わずドキッとする。茉優が俺の名前を呼ぶなんて、めったにないからだ。むしろ、はじめてに近い。

すでに、由梨佳はテーブルで接客をしている。店はかなり混んでいた。それに反してバイトは少ない。人手不足で、ほとんど関係のない商品開発部からスタッフが駆り出されているというのは、本当のことのようだ。

店長待遇はモチベーションを落とさないためだろうし、由梨佳以外はすべてバイトな気がした。

由梨佳さん、大変だな。かなり疲れていそうだったが、今は笑顔で客と接している。頑張っているな、と感心して店を出た。

茉優と並んで駅へと向かう。駅までは徒歩五分くらいか。雑踏の中、ふたり並んで歩いていると、まるでデートの帰りのような錯覚を感じる。さすがに茉優も、歩きながら文庫は読んでいない。

なにか話しかけようかと思ったが、茉優の場合、無理に話そうとしない方がいい気もする。

そのまま二人とも黙って駅へと向かったが、別に気詰まりは感じなかった。

「すいません」

といきなり、茉優が謝りだした。

「えっ、なにが？」

「田口さんに、あんな素敵な彼女さんがいるとは、思っていませんでした」

「えっ、いや、彼女じゃないよ。地元の幼なじみなんだ」

「そうなんですか。それだけですか」

「それだけだよ」

「でも、この後、約束しているんですよね？」

と前を見ながら、茉優が聞いてくる。意外だった。まさか、茉優に察知されていたなんて。他人に無関心な娘《こ》なんだと思っていたが、違うのか。それとも、俺には関心があるのか。

「……いやあ、なんか話がしたいみたい。久しぶりなんだよ。見た通り、すごく忙しいみたいだし、息抜きが必要なんじゃないかな」

息抜き。息抜きで、俺とエッチしたいということなのか。息抜きでエッチ。

「今、なんかいやらしいことを考えていたでしょう」

前を向いたまま、茉優がそう言う。

「え！　い、いや、考えていないよ。そもそも、俺の顔を見ていないだろう」

「わかるんです。田口さんのこと……気配で……」

「えっ……」

なにっ？　これって、どういうことだっ。そんなに俺のこと、注意して見ていたのかっ。どうしてっ。

良太は混乱していた。由梨佳のしたい発言に続いて、茉優の田口さんのことは気配でわかる発言。

良太の女性に関しての許容範囲を超えていて、パニックになっていた。

「じゃあ、ここで。楽しかったです」

「……」

俯《うつむ》きながらそう言うと、茉優が自動改札を通っていく。

何をしてるんだ、彼女は楽しかったと言ったぞ。俺も楽しかった、となんで返さなかったんだ。

いきなり後悔しつつ、何も言えず見送っていると、改札を通った茉優が振り向いた。

そして、驚愕の行動に出たのだ。

彼女は胸元に手をあげると小さく、ばいばい、と手を振ったのである。

あの無愛想が服を着ているみたいな茉優がっ。

衝撃を受けて良太は固まっていた。手も振り返せなかった。まずい、っと思った時には、茉優は踵《きびす》を返して、ホームに向かう人たちに紛れていた。

「茉優……」

良太は名残惜《なごりお》しげに、人混みを見送り続けた。

2

良太はいったん、漫画喫茶に入った。漫画を開きはしたが、まったく頭に入ってこない。今、午後十時をまわっていた。午前一時まで時間はあったが、恐らく退屈しないだろうと思った。

考えることが多すぎたのだ。

由梨佳は俺としたいと誘ってきた。幼なじみとはいえ、お互い、大人の男と女だ。したい、というのはどう考えても、エッチのことだろう。

エッチ、エッチ。

数日前の、定食屋の休憩部屋のことが思い出される。

布団の上で、憧れていた人妻の鮎美で初体験を済ませた。正常位からバック、そしてまた正常位になって、それぞれフィニッシュを迎えた。

人妻ならではの鮎美のリードのおかげだ。はじめてが鮎美で良かったとつくづく思う。

初体験を済ませて思うことは、とにかく、エッチは素晴らしい、ということだった。女体はいい。乳房もいい、キスもいい、おま×こもいい、よがり声もいい。なにより、裸で抱き合う感覚が最高なのだ。

鮎美と終えた後、またしばらくエッチのチャンスは来ないと思っていた。鮎美は禁欲生活が長すぎたあまり、我慢出来なくなって良太を誘ってきたのだ。とりあえず、彼女は今は禁欲状態からは解放されている。

実際、昨日、定食屋を訪れたものの、鮎美はなにかすっきりとしたような顔をして、普段通りに接してきた。良太は少し寂しかったものの、それで十分だと思った。

オナニーで出すのと、エッチでおま×こに出すのとは違う。溜まりに溜まっていた欲情をおんなの粘膜に出し尽くせたのだから、すでにこれ以上ないラッキーだ。

すっきりしてしまった鮎美も、改めて良太をエッチに誘いたくはないだろう、と納得していた。

なのに、はやくも次の女性があらわれるとは。

考えてみると、由梨佳も禁欲状態にいるのかもしれない。彼氏がいれば、彼氏を誘うだろう。彼氏を閉店した後の店でも、自宅にでも呼んで、やればいい。そんな彼氏がいないから、良太に白羽の矢が向けられたということか。

確かに、あんなに働いていてはエッチする時間もないだろう。こんな形で、男を呼びつけない限り無理だ。


午前一時前に、良太は居酒屋に戻っていた。すでにかなりの店が閉まっていて、あたりは閑散としている。

由梨佳が店長をやっている居酒屋も明かりは消えていた。

携帯が鳴った。びくっとすると同時に、それだけで一気に勃起させた。ディスプレイには、由梨佳と出ている。はい、と出ると、

「来て」

と由梨佳の声がした。いつも耳にする明るい声とは違っている。

「正面から入っていいわよ」

と言ってきた。

居酒屋は一階にある。正面のドアの前に立つと、自動ドアが開いた。

フロアは暗かった。が、真っ暗ではなく、あちこちに常夜灯が光っているので、薄暗いといった程度か。

「由梨佳さん」

と声をかける。すると、奥からほの白いものが見えた。

「あっ、うそ……」

由梨佳がフロアに姿を見せたとき、良太は息を呑んだ。幼なじみのお姉さんは、ブラとパンティだけだったのだ。

「どうかしら」

と言いながら、こちらに迫ってくる。

「い、いや、その……」

やれるかも、と期待してきてはいたものの、まさか、いきなりランジェリーだけで、迎えられるとは。

しかも、こんなにいい身体をしていたとは。由梨佳は黒のブラと黒のパンティで、ナイスボディを飾っていた。

バストはかなり豊満で、ウエストはくびれ、足はすらりと長い。まあ、身体に自信があるから、ブラとパンティだけであらわれたのだろう。

圧倒されて棒立ちの良太の前に、由梨佳が立った。すると、甘い薫りが漂ってきた。由梨佳の匂いだ。しかも午前様まで働き、シャワーも浴びていない身体から薫ってくる匂いだ。

「今、すごくしたいの。だから、良太くんに来てもらったの」

「そ、そう……」

「私、今の生活はぜんぜん自分の時間がないのよ。お昼前から本社に出て、商品開発部の仕事をして、夕方前にはここに来て、この時間まで働いているの。休みはあるけど、ひたすら寝ているだけ」

「そ、そうなんだ……あの、そんなに働いて大丈夫なの？　過労とか……」

「ああ、それは大丈夫。うちは人使いは荒いけど、しっかりお金は出るし、まあ本社の方の仕事も楽な内容にしてもらったし」

「なら、良かった」

どうやら身体の心配はしなくてよさそうで、良太は少し安心した。

「なに言ってるの、良くないわよ。気がついたら、半年もこんな生活よ。おかげでずっとエッチしていないの。六ヶ月よ。ストレスも解消できなくて、いろいろ溜まりっぱなしよ」

「そ、そうなんだね……」

良太は二十一年していなかったが……。

「それに気がついた時には愕然としたわ。それでわかったの。半年もエッチしていないから、こんなに疲れているんだって」

いや、それは単純に働きすぎだからだろう……と良太は思った。

「だからね、カンフル剤を良太くんに打ってもらいたいな、と思って、呼んだんだ」

「カンフル剤……」

「そう。今の世の中、下手な男を引っかけても危ないでしょ。良太くんは信用できるもの。あ、だけど、一つ聞いていいかしら」

ブラとパンティ姿で真正面に立ったまま、由梨佳が聞いてくる。

「なに？」

「良太くん、童貞？　それとも、経験済みかしら」

「えっ、どうしてそんなこと……」

「だって、はじめてがカンフル剤代わりじゃ、いやでしょう」

「そ、そうかな……でも、由梨佳さんとエッチ出来るのなら……はじめてがカンフル剤代わりでも十分嬉しいけど」

「あら、うれしいこと言ってくるね、良太くん。でも、さては童貞じゃないわね」

「えっ」

「童貞はそんな気が利いたこと言わないわ」

そう言うと、由梨佳が良太の下半身に手を伸ばしてきた。どうしても、ハーフカップブラからこぼれそうなバストの隆起に目が向かう。

由梨佳がベルトを外し、ジーンズのジッパーを下げてきた。

「も、もう、はじめるの……」

「世間話する？」

ジーンズを下げつつ、由梨佳が聞く。

「い、いや、でも……」

「やっぱり、童貞かな」

と由梨佳がジーンズを引き上げはじめる。

「童貞じゃないよっ」

と良太は思わず叫ぶ。ふたりだけのフロアにやけに大きく響いた。

うふふ、と由梨佳は笑い、ジーンズを膝まで下げた。もっこりとしたブリーフがあらわれる。

するとと由梨佳はその場にしゃがみ、もっこりとしたブリーフに頬ずりしてきた。

「ああ、由梨佳さん……」

間接的な刺激もぞくぞくして気持ちいい。

「ああ、この匂い、好きなの。一日、ずっとブリーフの中に入っていたおち×ぽの匂い」

そう言うと、由梨佳がブリーフを剝き下げた。弾《はじ》けるようにペニスがあらわれ、由梨佳の小鼻を叩く。

由梨佳は、あんっ、と声をあげ、うっとりとした顔で、今度はペニスにじかに頬ずりをする。

「ああ、いい匂いだわ……良太くんのこの匂い、好きなの」

「えっ、一日たったち×ぽの匂いが……」

「ううん。中学生の頃、私のとこに放課後、遊びに来ていたでしょう」

そうだった。由梨佳も良太も対戦ゲームが好きで、時々、良太は当時女子校生だった由梨佳の家に行って、部屋でふたりして対戦ゲームをしていた。

今にして思えば、こんな美人のお姉さんとふたりきりでゲームなんて、なんて贅沢《ぜいたく》だったんだろう。

「あの頃ゲームしながら、良太くんの汗の匂いに、ドキドキしていたの」

由梨佳が高二で、良太がまだ中一の頃だ。思えば、良太はまだガキで、由梨佳は大人の女になりかかっていた時期か。

「そうなんだ……知らなかった……」

「ああ、今はもう、大人の匂いになっているね。ああ、熱いわ……ああ、あそこが、うずうずしてくるわ」

そう言いながら、頬ずりを続ける。そもそも、ブラとパンティだけの由梨佳が足元にひざまずいている姿を見下ろすだけでも、刺激的だったが、その上、ち×ぽにやわらかな頬を感じて、はやくも先走りの汁をにじませはじめた。

それに気づいた由梨佳が、ああ、エッチな匂いがする、と鎌首のそばで鼻をくんくんさせる。

しゃぶってくるのかと思ったが、違っていた。たぶん、しゃぶれば匂いが消えるからなのだろう。

美貌を寄せられているのに、匂いを嗅がれるだけでしゃぶられないのも、かなりじれったい。と同時に、かなり興奮した。さらにどろりと先走りの汁が出る。

「ああ、すごいわね。エッチな汁がどんどん出てくるわ。良太くんも禁欲しているのかしら」

「そ、そうかもね……」

数日前、定食屋の人妻相手に男になったが、良太も禁欲していることにする。

「禁欲生活が続くと、ふとした時にすごくエッチしたくなるわよね。居酒屋でお客さんの注文を聞いているような時でも、お客さんから好みの匂いがすると、あそこがじゅんとするの」

由梨佳は、かなりの匂いフェチだったのか。今まで知らなかった……。

美貌の幼馴染が顔を下げた。垂れ袋にすうっと通った小鼻を押しつけてくる。

「あっ……」

あらたな刺激に、良太は腰をくねらせる。由梨佳はぐりぐりと小鼻を垂れ袋にこすりつけ、くんくんと匂いを嗅いでいる。

「ああ、いいわ……」

由梨佳が立ち上がった。そして良太のシャツのボタンに手をかける。またも、ブラからこぼれそうなバストが迫る。それだけではない。由梨佳の美貌も近かった。

が、良太からはなにもしない。やはり、小さい頃からの刷り込みが大きい。由梨佳は、良太にとってはお姉さんなのだ。お姉さんのおっぱいをこちらから勝手に摑むわけにはいかない。

シャツを脱がされ、さらに万歳するように言われて両腕をあげると、肌着のTシャツにも手をかけられた
そのままTシャツを良太の顔面まで引き上げたところで、ふと由梨佳が手を止めた。

そして思わぬところに、顔を押しつけてきたのだ。

「あっ」

腋の下に小鼻を感じ、良太は素っ頓狂《すっとんきょう》な声をあげる。

「ああ、いい匂い。ああ、ぞくぞくするわ」

「ぼ、僕も、ぞくぞくするよ」

「ああっ、そう。うれしいな」

由梨佳はくんくんと良太の脇の匂いを嗅いでくる。そして、Tシャツを脱ぎ去らせるなり、良太にキスしてきた。

一瞬で、ぬらりと舌が入ってきた。すぐさま自分の舌をからめ取られる。

「うんっ、うっんっ、うんっ」

半年の禁欲状態をぶつけるような舌の動きだ。良太は圧倒されていた。舌を貪り食われていた。

それだけではなかった。舌をからめつつ、右手でペニスを摑み、左手で胸板をなぞりはじめていた。どちらも、気持ちよかった。ペニスしごきはもちろんだったが、胸板を撫でられるのも良かった。

きっとキスしながらだからだ。いつの間にか乳首が立ち、それをなぞられるとさらに昂ぶった。

「ああ、良太くんのおち×ぽ、とてもたくましいのね」

ぐいぐいしごきつつ、由梨佳が火のため息を洩らすように、そう言った。

「そ、そうかな」

「大きいし、なんか反り具合がエッチだな。見ているだけで、あそこがどろどろになる感じ」

「あそこ、どろどろなんだね」

「見てみる？」

由梨佳が妖しく潤ませた瞳で、見つめてくる。

「ああ、も、もちろん……」

「ちょっと暗いかな。お姉さんのあそこ、明るいところで見たいよね……？」

「明るいところで見たいよ、由梨佳さんっ」

じゃあこっちに、と言って由梨佳がフロアの奥へと良太を連れて行く。ペニスを握ったままだ。一秒も離したくないらしい。

良太は前のめりになりつつ、ついていく。

最初は、由梨佳がブラとパンティだけであらわれて驚いたが、今は由梨佳が下着姿のままなのに、良太は素っ裸だ。いつの間にか、逆転していた。

3

「どうぞ」

と大きなキッチンから、さらに奥にある部屋に案内された。

そこはやはり休憩室のようだった。定食屋と違って事務所っぽい雰囲気で、コの字型にソファーが置かれている。あとは自販機があるだけだ。由梨佳が電気を点けて明るくした。

明かりに照らされると、由梨佳の身体が輝いて見える。

「ああ、ちょっと明るすぎるかな」

「そんなことないよ。これくらいがちょうどいいよ」

「エッチね、良太くん。そんなに私のあそこ、よく見たいの」

まだ、ペニスを握ったままだ。

「見たいよっ」

良太は鼻息を荒くさせている。憧れのお姉さんの媚肉だ。見たいに決まっている。

由梨佳がソファーに腰かけた。

「いつもは自分で脱ぐけど……良太くん、脱がせたい？」

と妖しく聞いてくる。

「脱がせたいよっ」

と鼻息荒く言うと、いいわ、と由梨佳がうなずいた。いつの間にか、頬を赤くさせている。薄暗いフロアから、明るい部屋に来て、羞恥心《しゅうちしん》が強くなっているようだ。

良太の方は、明るい場所でさらに興奮していた。ペニスがさらに反り返っていく。

良太は由梨佳の足元にしゃがんだ。そして、股間に貼り付く黒のパンティに手をかける。

小さい頃から知っている幼なじみのパンティを脱がせるなんて、想像もしていなかった。

「ああ、じらさないで……これでも、恥ずかしいの我慢しているのよ」

良太はうなずき、パンティをめくる。すると、下腹の陰りがあらわれた。定食屋の人妻と違い、薄めだった。

恥丘をひと握りの陰りが飾り、すうっと通ったおんなの割れ目のサイドには、産毛《うぶげ》程度のヘアーしか生えていなかった。

パンティをめくると同時に、甘い匂いが良太の顔面を包んでいた。それは、鮎美の匂いとはまた違っていた。

「匂い……嗅いでいいかな」

と良太は聞いた。匂いフェチだから、嗅がれるのも感じるかと思ったのだ。

「ああ、嗅ぎたいの？　私のあそこの匂い……」

「嗅ぎたいし、見たいし、入れたいよ」

「ああ、いろいろしたいのね……いいわ、全部して」

と禁欲を解消したい、カンフル剤を打たれたい由梨佳がそう言った。

じゃあ、と良太はまずは、由梨佳の恥部に顔面を埋めていった。

「あっ……」

むせんばかりの牝の匂いに包まれ、良太はくらっとなる。

そのままぐりぐりと顔面を押しつけていたが、割れ目の奥をはやく見たくて、顔を上げると、割れ目をくつろげた。

「はああん……」

由梨佳が羞恥の声をあげて、下半身を震わせる。

由梨佳の花びらは、目にも鮮やかなピンクだった。確かに大量の蜜が出ていて、それがあふれてきている。割れ目に添えている良太の指を濡らすほどだ。

「綺麗なピンクだね、由梨佳さん」

「ああん、そんなこと、言わないで……」

「綺麗だよ。ああ、おま×この汁、確かにどろどろだね。舐めるよ」

と言うなり舌をのぞかせ、ぺろりと花びらを舐める。すると、

「はあっ、あんっ」

と由梨佳が敏感な声をあげる。良太はぺろぺろと舐めていくが、蜜が大量過ぎて、口を割れ目に押しつけると、じゅじゅっと吸い上げはじめた。

「ああっ、なにっ、なに、それっ」

由梨佳ががくがくと下半身を震わせる。

かなり良い反応に煽られ、良太はずるずると吸い続ける。が、吸っても吸っても、あらたな愛液がどんどん出てくる。すごい反応だ。これが半年の禁欲の賜物《たまもの》か。

「ああ、私もしゃぶりたいっ」

そう叫ぶと、由梨佳がぐっと良太を押しやった。あっ、と良太は背後によろめく。立ち上がった由梨佳はパンティを足首から抜き、そして、自らの手でブラも取った。ぷるるんっとたわわなふくらみが弾《はず》むようにあらわれる。

釣り鐘型というやつか。乳首がとがりきっている。

由梨佳はいそいそとソファーの背もたれを倒し、ソファーベッドにすると、そこへ良太を誘《いざな》った。

「ここで、仮眠しているの」

と言うと、寝て、と由梨佳が指差した。シックスナインかも、と期待した良太はペニスを揺らしつつ、言われるまま、ソファーベッドに寝た。

すると予想通り、裸になった由梨佳が、逆向きに良太の身体を跨いできた。良太の目の前で割れ目が開き、濃くなってきたピンクの花びらがあらわれる。

と同時に、ペニスを摑まれたと思った瞬間、ぬるんと咥え込まれた。

「あっ」

鎌首が口の粘膜に包まれ、反り返った胴体の根元まで一気に咥えこまれていく。

「うんっ、うっんっ」

最初から、良太のペニスを貪り食ってくる。鮎美同様、禁欲が長いと、ペニスを貪る動きが凄まじい。

「あ、ああっ」

良太は情けない声をあげて、腰をくねらせる。ペニスが根元から引きずり上げられるような錯覚を感じる。

うんうんと貪りつつ、舐めてよ、と言うように、由梨佳が恥部を良太の顔面にこすりつけてきた。

「う、ううっ……」

いきなり窒息しそうになるものの、良太はクリトリスを口で捉《とら》えると、強く吸っていく。すると由梨佳が美貌を引いて、

「ああっ、いいっ」

とさらにぐりぐりと恥部を押しつけてくる。

「う、うう……」

良太はむせつつも、クリトリスから口を離さない。

禁欲暮らしなら負けてはいない。良太の方が年季が入っている。もちろん、すでに鮎美相手に解消していたが、一度のエッチくらいでは、長年の禁欲は解消出来ていない。

由梨佳が再び、貪り食ってくる。が、すぐにまた吐き出し、たまらないっ、と叫ぶ。

「ああ、もうだめっ、もう我慢出来ないっ」

そう言うなり、由梨佳が裸体を起こし、身体の向きを変えてきた。

こちらを見ながら、良太の股間を跨ぎ、唾液まみれのペニスを逆手《さかて》で摑むと、腰を落としてきた。

恥毛は薄く割れ目は剝き出しだ。そこに自分の鎌首が当たり、そしてめりこんでいく様《さま》がはっきりと見えた。

「あうっ、うんっ」

ずぶずぶとあっという間に、良太のペニスが由梨佳を突き刺していく。いや、良太が突き刺すのではなく、由梨佳が呑み込んできていた。

ぴたっと股間と股間が密着する。すでに、良太のペニスは視界から消えていた。

「ああ、大きい……ああ、良太くん、大人になっていたのね……ああ、もっとはやく呼べば良かった……高校生の頃の、童貞良太くんしか思いつかなくて……」

今呼んでちょうど良かったんだよ、由梨佳さん。ちょっと前なら、童貞だったから。

由梨佳が動きはじめた。上下ではなく、股間をすりつけるように、まわしはじめる。

「あうっ」

と最初にうなったのは、良太の方だ。

「ああ、硬い……ああ、やっぱり、おち×ぽが一番ね……ああ、これで、元気で仕事が出来そうよ、良太くん」

火の息混じりにそう言いながら、由梨佳が腰をうねらせ続ける。由梨佳の中はどろどろで、肉の襞がぴたっとペニスに貼り付き、締め上げてきていた。

「うう、ううっ」

良太はただ寝ているだけだったが、それでもうなっていた。

「ああ、突いて、良太くん」

と由梨佳が言う。はい、と良太は腰を動かしはじめる。ぐっと突き上げると、先端が子宮に当たった。

「あうっ、うんっ」

由梨佳があごを反らし、釣り鐘型の乳房を反らせる。

良太はゆっくりと腰を上下させる。それにつれ、乳房がゆったりと上下に揺れる。

乳首はとがりきったままだ。

「あっ、ああっ、優しいのは時間の無駄よっ。激しくしてっ、良太くんっ」

「でも、激しくすると……」

「自分が、いきそうなんでしょう」

と由梨佳が息を弾ませて言い当てる。

「わかるの？」

「わかるわよ……んんっ、い、今にも出しそうな顔、しているもの」

そうなのか。ばればれなのか。

「いいのよ、いっても、また勃たせればいいだけでしょう」

とにかく、はやく激しく突かれたいのだろう。なんせ、これはカンフル剤のエッチなのだから。

出してもいい、と言われると、気持ちが楽になる。確かに、幼なじみのお姉さん相手に見栄《みえ》を張っても仕方がない。撃沈覚悟で突きまくるのだ。

「あうっ、また大きくなったわ。ああ、素敵よ、良太くん」

良太は気持ち良さに任せて、腰の動きを強めていく。ずどんっ、ずどんっと突き上げていく。

「ああっ、いいっ、いいっ」

ひと突きごとに、由梨佳があごを反らす。たぷんたぷんと釣り鐘型の乳房が重たげに揺れる。

その揺れを見上げていると、摑みたくなる。揉みたくなる。そうだ。揉みながら突きまくって、よがらせまくるんだっ。

良太は腰を突き上げつつ、上体を起こしていく。すると乳房を摑む前に、由梨佳が抱きついてきた。キスされる。ぬらりと舌が入ってくる。

「う、うんっ、うっんっ」

火の息が吹き込まれる。たわわな乳房をぐりぐりと、良太の胸板に押しつけてくる。と同時に、ぴっちり填《は》まっている恥部もぐりぐりと良太の股間に押しつけている。

ああっ、いつも綺麗だったお姉さんと一つになってるんだっ。

「ああ、好きにしていいのっ、由梨佳のおま×こ、突いて突いてっ」

はいっ、と良太は上体を起こしたまま、腰を突き上げる。が、寝た状態で突き上げるより、力が弱い。なにせ、座位ははじめての体位なのだ。

「ああっ、もっとっ、強くっ」

由梨佳が物足りないといった表情を浮かべる。

おっぱいを揉みつつ突きまくりたかったが、良太は断念して、突きだけに専念するために上体を倒した。

そして正常位の形になって、ずどんっと突いていく。

「いい、いい、いいっ」

由梨佳は良太の突きに応えてくれる。それはいいのだが、由香里の表情やよがり泣きを聞いていると、出したくなってくる。なにより、締め付けがきつい。さっきは口でペニスを貪り食っていたが、今は、媚肉で貪り食らっている。

エッチはいい女とやった方がいいが、いい女だとこちらも感じすぎて、終わりがはやくなるのを、良太は思い知った。

「もう、だめだっ、出るよっ。出していいかなっ」

幼なじみのお姉さん相手だから、そう聞けた。

「次、すぐ勃つわよね」

と由梨佳が聞いてくる。腰のうねりは激しいままだ。

「あ、ああっ、勃つよっ、フェラしてくれたら、すぐに勃つよっ」

ちゃっかりと、さらなるフェラ奉仕をリクエストする良太。

「いいわっ、しゃぶってあげるっ。何回もしゃぶって勃たせるからっ」

これは後で考えれば、恐ろしい発言だった。が、出してすぐに、また由梨佳にしゃぶってもらえるという興奮のみで、良太は頭の中が白くなるほど昂《たか》ぶった。

「あ、ああっ、出るよっ」

「思いっきり突いてっ。私にとどめを刺してっ」

はいっ、と良太は渾身《こんしん》の力を込めて、とどめの一撃を放った。

「あうっ、ううっ」

由梨佳が良太の腰の上で、汗ばんだ裸体を痙攣《けいれん》させた。当然、おま×こも痙攣していた。

「おう、おうっ」

良太も射精させた。びゅびゅ、びゅっと勢いよく噴射させる。大量のザーメンが、由梨佳の子宮を襲う。

「あっ、いく、いくいく、いくうっ」

由梨佳がぐぐっと背中を反らせ、ぴくぴくと裸体を動かすと、今度は、ばたっと倒れてきた。

はあはあ、と荒い息を吐きつつ、たわわな乳房を良太の胸板に押しつけてくる。

一日働いた汗の匂いに、エッチの匂いも加わり、由梨佳の身体からは、まさに牝そのものの匂いが発散していた。

「ああ、良かったわ、良太くん。想像していた以上よ」

幼なじみのお姉さんにエッチを褒められて、良太は満足した。

が、由梨佳の方は、まだまだ満足していないようだった。

4

荒い息を吐きつつ、由梨佳は唇を重ねてきた。火の息と共に舌が入ってくる。

「う、うんっ、うっんっ」

由梨佳が良太の舌を貪ってくる。

貪るのは舌だけではなく、ペニスを包んでいる媚肉も貪りはじめていた。大量のザーメンを出したペニスは萎《な》えかけていたが、それをゆるすまじ、というように、きゅきゅっと締め上げてくる。

「う、うう……」

今度は良太がうめき声をあげて、下半身をくねらせる。

出したばかりのペニスを、口ではなくおま×こで責められては、じっとしていられない。抜かずのままに、肉棒に再び火が入る。

「ああ、大きくなってきたわ」

と由梨佳が笑顔を見せる。乱れ髪がべったりと頬に貼り付き、凄艶《せいえん》な表情になっている。

「ああ、フェラを……」

「おま×こじゃだめなのかしら」

「い、いや、これで、すごくいいよ……」

どうやら、由梨佳は一秒たりともペニスを抜きたくないようだ。

由梨佳は女性上位で繋がったまま、腰をうねらせはじめた。半分くらい萎えていたはずのペニスが、ぐぐっと力を帯びていくのが良太にもわかる。股間にあらたな劣情の血が集まってくるのだ。

由梨佳が上体を起こした。背中を反らせると、両手を背後にやる。

すると、肉の結合部分がぐっと突き出されてくる。割れ目の左右に恥毛がないだけに、ペニスを咥えている様がもろに見えている。

由梨佳が股間を上下させはじめる。すると七分勃ちまで戻ったペニスが、由梨佳の割れ目を出入りする淫ら絵がはっきりと見えた。

視覚的な刺激を受けて、さらにたくましくなっていく。

「あうっ、いいわ……すごいわ、良太くん……素敵なおち×ぽだわ」

幼なじみのお姉さんにち×ぽを褒められる。

「ああ、突いて」

と言われて、良太の方からも腰を突き上げていく。すると、割れ目から出そうになっていたペニスが、ぐぐっとめりこんでいくのがはっきりとわかる。

「あうっんっ……うんっ……」

由梨佳がさらに背中を反らせる。もう、繋がっているところしか見えない。

良太はくいくいっと変化をつけて、腰を上下させる。

「ああっ、いい、それいいっ……ああ、上手よっ……ああ、エッチ上手よっ、良太くんっ」

そうなのか。俺は上手いのか。褒められて悪い気はしない。むしろ、褒められて伸びるタイプだ。

良太は調子に乗って、腰を上下させる。何度もやっているうちに、コツを摑んできていた。

「ああ、ああっ……あんっ、やんっ……」

由梨佳の敏感な反応も、良太の責めを調子づかせる。

「ああ、戻ったわ」

と言うなり、由梨佳が起き上がった。ずずずっと由梨佳のおんなの穴からペニスが抜ける。それは自分が出したザーメンにまみれていた。

それを目にして、幼なじみのお姉さんに中出ししたんだな、とあらためて実感する。

はやくも、完全に勃起を取りもどしたペニスに、由梨佳がしゃぶりついてきた。あっという間に、由梨佳の口にペニスが呑み込まれる。

「あっ、由梨佳さんっ」

おま×この締め付けだけで、大きくさせた後、しゃぶりつくとは。

「うんっ、うっんっ、うんっ」

由梨佳はまたも貪り食ってくる。

「あ、あああっ、あんっ」

気持ちよすぎて、良太もまた、声をあげてしまう。

由梨佳が唇を引いた。そして立ち上がると、休憩室の壁に両手をつき、

「後ろから、入れて……」

と言ってきた。ぷりっと張ったヒップを、誘うようにくねらせてみせる。

「ああ、由梨佳さん」

ヒップのうねりにつられて、良太もソファーベッドから降りると、尻に向かう。ザーメンから唾液に塗り変わっているペニスが、ゆったりと揺れる。

尻たぼを摑んだ。ぐっと開く。

「入れて。ああ、後ろからぶちこんでっ」

尻の狭間に尻の穴が見えた。ひっそりと息づく蕾《つぼみ》が誘ってくる。

それを見ていると、その穴にもねじこんでみたくなってきた。

「お尻は、だめよ……」

と由梨佳が物憂げに言う。

「えっ……」

「今、じっと見ているんでしょう。わかるのよ」

ひくひくと尻の穴が収縮する。やはり誘っている。

「ここ、処女なの？」

と思わず、良太は訊《き》く。

「あら、処女がいいの？　良太くん」

「い、いや、別に……」

「もっと仕事が大変になって、また強いカンフル剤が必要になったら、そこにもぶちこんでもらうかもね」

　と由梨佳が言う。

「………」

　思わず、もっと由梨佳の会社のブラック度が上がればいいのに、と願ってしまい、すぐに不謹慎だったと自戒《じかい》する。

「今は、前でしてね……」

　はい、と鎌首を尻の狭間に入れていく。鎌首が蟻の門渡りを通ると、あんっ、とそれだけで由梨佳が甘い声をあげ、ぶるっと双臀を震わせる。

　先端が入り口に到達した。熱くぬめる媚肉が、息づくように蠢めく。

　そのまま腰を突き出すと、わずかな抵抗のあと、ずぶり、と先端が入っていく。

「あうっ……うんっ……」

　由梨佳がぐっと背中を反らせた。

　良太はずぶずぶと立ちバックでペニスを入れていく。瞬《また》く間にペニス全体が、燃えるような粘膜に再び包まれた。

「ああ、突いて」

壁に手をついたまま、切ない目でこちらを振り返り、由梨佳がそう言う。リクエストに応え、良太は抜き差しをはじめる。

「ああっ、いいっ、バックいいっ」

確かにバックはいい。しかもただのバックではなく、立ちバックだ。良太の人生で、立ちバックがやれる日が来るとは思わなかった。ＡＶ男優みたいじゃないか。

思わず、おらおらっ、と激しく突いていく。

「ああっ、すごいっ、ああ、良太くんっ、すごいっ、いい、いいっ、もっと、もっと突いてっ」

由梨佳のよがり声が、休憩室に反響する。

こうかなっ、と良太はぱあんっ、と腰を幼なじみの尻たぼへと打ちつける。さっき放ったばかりだが、思うさま突きまくれた。

「ああ、いいわ……じゃあ、行きましょう」

と言う。

「えっ、行くって」

「このまま、フロアに出るのよっ……いつもお客さんがいるフロアでやるの」

そう言うと、由梨佳が長い足を動かしはじめる。

「あうっ、うんっ」

自らの足を出す動きで、あらたな場所をペニスにほじられ、由梨佳がうめく。ぶるぶるっと双臀を震わせる。

良太の方も、あらたな刺激をペニスに受けていた。うなりつつ、由梨佳の尻をわし摑みにして、離れないように足を進めていく。

立ちバックで繫がったまま、休憩室から常夜灯のともる廊下へと出た。薄暗くなってはっきり裸体を見られないかと思ったが、違っていた。

汗ばみ銑白く光る裸体が、薄暗い中、エロティックに浮かび上がっているのだ。

「あ、ああっ、おち×ぽが……あああ、すごいの」

長い足を前に運ぶたびに、由梨佳がうめく。

「突いて、歩きながら、突いてっ」

良太は尻たぼをぐっと摑み、足を出しつつ、腰を突き出していく。

「あうっ、もっとっ」

カンフル剤代わりのエッチを望んでいる由梨佳の要求は大変だ。が、ここで応えないと、がっかりされる。次がなくなる。次……そうだ。このブラックな勤務状態が続く限り、またカンフルエッチが必要になるはずだ。

また呼ばれるように頑張らないと。

フロアに出た。数時間前には夏目茉優といっしょに飲んでいた場所だ。ふと、茉優に見られているような錯覚を感じる。

「あっ、大きくなったわ……ああ、さっきの子のこと、考えてるのね……。ああんっ、可愛かったよね……ああ、本当に彼女じゃないのかしら」

「違いますよ」

「あんっ、おち×ぽがひくひくってしたわ」

茉優のことを思っただけで、そんなにち×ぽが反応するのか。

「今度はその子も入れて、しようか」

と由梨佳がとんでもないことを言う。

「なに言っているんですかっ」

と思わず大声をあげてしまう。

「あら、あの子のこと好きなのね」

とんでもないことを指摘され、良太は心情を隠すように激しく腰を振った。それと連動して、ずぶずぶと責めていく。

「あ、ああっ、いい、いいっ」

よがりつつも、由梨佳は足を進めていく。裸体全体があぶら汗を塗ったようになっている。

良太は立ちバックで繋がったまま、両手を前に伸ばした。乳房をむんずと鷲摑み、こねるように揉んでいく。

「あ、あああっ、おっぱいもいいわっ。もっと強くしてっ」

ぐいっと揉みこむと、媚肉がきゅきゅきゅっと締まる。

「おう……」

調子よく突いていたが、揉み心地のよさと、強烈な締め付けに、危うく出そうになる。まだ出せない、と乳房から手を引く。

「どうしてっ⁉　おっぱい、もっと揉んで、良太くんっ」

「ああ、ふたついっしょに責めると、き、気持ちよすぎて出そうに……」

「出していいのよっ。また勃たせればいいだけだから、心配しないでっ……」

テーブルの一つに手をつくと、細長い首をねじってこちらを見つめ、由梨佳が言う。

「また勃つかな」

「えっ、勃たないのっ。私でもう勃たないってっ、良太くんっ。うそでしょう」

「勃つよ。もちろん勃つよっ」

「そうでしょう。だから、どんどん突いて、どんどん揉んでたくさん突いてっ」

わかった、と良太はあらためて、乳房の大きさを味わうように揉みしだきつつ、力強く突いていく。

「いい、いいっ、すごい、すごいわっ……あああっ、好きよっ、おち×ぽ好きよっ」

と由梨佳が喘《あえ》ぐ。

俺じゃなくて、ち×ぽが好きなのかっ。

一瞬がっかりするが、強烈な締め付けで、ペニスはますます硬く切迫してくる。あああ、だめだっ。やっぱり出そうだっ。

「出るよっ、ああ、由梨佳さんっ、出るよっ」

「来て、来てっ、いっしょにいきましょうっ」

とどめを刺すべく、渾身の力で突くと、

「いくっ」

と由梨佳が短く叫んだ。当然のこと、おま×こが万力のように締まり、おうっ、と良太も二発目をしたたかに射精した。

「いくいくっ」

立ったまま、由梨佳が汗まみれの裸体を痙攣させる。

おう、おうっ、と吠え続け、今夜二発目がうそのように凄まじい量のザーメンをぶちまけ続けた。

ようやく脈動が治《おさ》まると、ザーメンと共に、ずるりとペニスが抜ける。

すると支えを失ったかのように、由梨佳もその場に崩れた。

ザーメンまみれのペニスは、さっきまでの勃起が跡形もなくなっている。まずい。ここからまた大きくなるのだろうか。

はあはあ、と荒い息を吐いていた由梨佳が、しゃがんだまま、こちらを向いた。

「良太くんのおち×ぽと私……すごく相性がいいわ」

「そ、そうみたいだね……」

「うん。カンフル剤、良太くんに頼んで正解だった」

ありがとう、と言うなり、彼女はザーメンまみれの縮んだペニスにしゃぶりついてきた。あっ、と思った時には、すべてが由梨佳の口に含まれていた。

由梨佳はすぐさま、じゅるっと唾液を塗しつつ、ゴムのようになったペニスを強く吸ってくる。良太はくすぐった気持ちよさに、あんあん、と腰をくねらせる。

幼なじみのお姉さんは、バキュームフェラで吸いつきつつ、右手で垂れ袋を包み、左手の指先を蟻の門渡りへと伸ばしてきた。そこを指先でくすぐり、さらに伸ばす。

あっ、と思った時には、肛門を撫でられていた。

由梨佳が唇を引いた。はやくもペニスは半勃ちにまで力を取り戻している。

「今、お尻を触ったら、一気に大きくなったわ。良太くん、お尻、好きなのかしら」

「い、いや、よくわからないよ」

「お尻向けて」

「えっ……」

「肛門べちょべちょにしてあげるから」

「こ、肛門、べちょべちょ……」

半勃ちのペニスがぴくっと動いた。

「ほらね。想像しただけで、反応してる」

さあ、こっちにお尻を、と言われ、良太は立ったまま、尻を幼なじみのお姉さんに向ける。尻たぼを割られたと思ったら、ぬらりと舐められた。

「あんっ」

と思わず、変な声をあげてしまう。

由梨佳はぺろぺろと尻の穴を舐めつつ、右手を伸ばすと、ペニスを摑んできた。とがらせた舌先を尻の穴に忍ばせつつ、しごきはじめる。

「あっ、あんっ、あんっ」

良太は恥ずかしい声をあげつつ、腰をうねらせ続ける。ペニスに大量の血が集まっていく。

「ああ、すごいっ、どんどん大きくなるよっ」

見ると、確かに由梨佳の手の中で、七分ほど取りもどしていた。

「お尻、本当に好きなんだね」

顔を上気させて、由梨佳が微笑む。

そうなのか。自分で自覚したことはなかったが、確かにそうかも知れない。

由梨佳がさらに勃たせようと、ドリルのように尻の穴に舌を入れてきた。と同時に、先端を手のひらで包んで刺激を送ってくる。

「ああっ、あんっ」

さらに情けない声をあげつつも、ペニスはびんびんと男らしくなった。

「さ、今度は休憩室でやりましょう」

そう言うと、由梨佳はぷりぷりとヒップを振って、良太の手を引いたのだった。

第三章　よがり啼くご近所の先輩

1

「はい。ハンバーグ定食、お待ちどう様」

そう言って、鮎美が斜め前のテーブルの客の前に、定食が載《の》ったお盆を置く。

中年のサラリーマンがなにか話しかけ、鮎美は、いやですよ、と楽しげに応じている。

鮎美相手に童貞を卒業し、一週間が過ぎていた。良太は筆下ろしをできた後も、もちろん毎日定食屋に通っていたが、これまで気にならなかった鮎美の一挙手一投足が気になりはじめていた。

鮎美はああやって、常連客とは気軽に話す。これまでは気にならなかったが、もしかして、あの野郎ともやっているんじゃないか、と疑心暗鬼になっていた。

もちろん、鮎美が良太を誘惑してきたのは、禁欲生活に耐えられなくなったからだ。良太相手にエッチをして、禁欲は解消されている。だから、あれ以来、誘ってこないんだ、と理屈ではわかる。

良太は鮎美の彼氏ではないし、ひと晩だけの関係だと重々わかっている。

でも、もしかして、あれ以来誘ってこないのは、良太とのエッチがいまいちで、他の客としているからじゃないか、と変なことを考えてしまう。

「ありがとうございました」

出入り口まで鮎美が常連客を見送る。近所の商店街のおやじだ。実はあいつとやっているのか。嫉妬で変になりそうだ。

悶々として自分の定食を食べていると、鮎美が良太のテーブルに近寄ってきた。

彼女は顔を寄せてくると、

「私の顔になにか付いているのかしら」

と熱い息を吹きかけるように、聞いてきた。

「えっ」

こんなことして大丈夫か、とフロアを見回すと、すでに客は良太だけになっていた。

奥からは洗いものの音が聞こえる。

「ずっと、私を見ていたでしょう……エッチな目でずっと見られていると、変な気分になってくるわ」

そう囁くと、鮎美がそろりと良太の頰を撫でてきた。ぞくぞくっとした刺激に、思わず、

「あっ」

と声をあげる。

「また、私としたいのね」

再び、耳元に熱い息を吹きかけるようにして、訊いてくる。

「し、したいです……したいです、鮎美さん」

「だめよ。私は人妻なの。わかるでしょう」

「わかります。でもしたいです、すごくしたいっ」

良太は変に舞い上がって、素っ頓狂な声をあげてしまう。すると鮎美が、人差し指を良太の口に押しつけてきた。しいっ、と言う。

「主人に聞かれるわ」

そう言うと、鮎美は離れていった。ジーンズ越しのヒップを、良太は生唾《なまつば》を飲みな

がらじっと見つめていた。

午前零時過ぎ。あれから特に鮎美とはなにも起こらず、普通に帰宅した良太は、そろそろ寝ようとしていた。そこへ、携帯が鳴った。

「鮎美さんかっ」

と良太はあわててコタツ台の上にある携帯を取る。

だがディスプレイに現れた名前を見て、驚愕した。電話は白石玲奈からだったのだ。

はい、と出ると、

「あ、田口くん？　遅くにごめんね。なんだか眠れなくて……かけてみたの」

と甘くかすれた声が聞こえてきた。

玲奈とは、読んだ本の感想などを言い合う仲で、友達付き合いはしているが、こんな電話ははじめてだ。

「困っているの……明日、最終面接なのに」

「え、そうなんですかっ。じゃあ、はやく寝ないと」

「だから、寝かせて欲しいの。田口くんに寝かせて欲しいの」

さらに甘くかすれている。それだけで、良太は勃起させていた。

「えっ、ど、どういうことですか!?」

「お願い、すぐに来て」

と言うと、携帯は切れた。

「白石さんっ」

と良太は叫ぶが、玲奈には聞こえない。

どういうことだ。最終面接を前にして、緊張して眠れないということだろうか。それはわかる。じゃあなぜ、玲奈は良太に電話してきたのだろう。

寝かせて欲しいと言っていた。子守歌でも歌うのか。いや、ありえない。玲奈も良太も大人の女と男だ。

『田口くんに寝かせて欲しいの』

玲奈の声が蘇《よみがえ》る。

俺に寝かせて欲しい＝俺とエッチしたい。よがり泣いて、いきまくって、すっきりして眠りたい……。

「イヤイヤイヤ」

それはないだろう。良太は自分に突っ込みを入れるように首を振った。

とはいえ、うじうじ考えている暇《ひま》はない。玲奈の住所は知っているから、良太のアパートから自転車を飛ばせば、十分ほどで彼女の住むマンションに着くはずだ。

もしや、近所だからか。玲奈の知り合いの男の中で、一番近いところに住んでいるから、良太を電話で呼び出したのだろうか。

友人の遠山《とおやま》によれば、玲奈は今、彼氏がいないらしい。ということは……！

良太はＴシャツの上にパーカーを羽織《はお》り、ジーンズを穿くと、尻ポケットに携帯を入れて、急いで部屋を出た。

懸命に自転車を漕《こ》ぐ。一秒でもはやく、マンションに着きたかった。玲奈の気が変わって、やっぱり来なくていい、という電話がくるのが怖かった。

良太は競輪選手ばりの足漕ぎで、八分で到着した。エントランスで部屋番号を押すと、すぐにオートロックが開いた。

玲奈の割れ目が開いたような錯覚を感じ、良太は危うく暴発しそうになった。

これで出していたら、世界記録ものかもしれない。

エントランス内に駆け込み、エレベーターを呼ぶ。なかなか来なくてもどかしく思っていると、ようやく降りてきた。

中には目を見張るような、ショートパンツ姿の美人が乗っていた。ここの住人だろうか。いきなりあらわれた彼女の生足を見て、良太はまた暴発しそうになった。

エレベーターに乗り込み、十階のボタンを押す。玲奈の部屋を訪ねるのは、もちろんはじめてだ。緊張で胸が爆発しそうになっている。内廊下を右手に進むと、目指す部屋番号のドアがあった。

ふうっと深呼吸をしてからチャイムを押す。すると待ってましたとばかりに、ドアが開いた。

「こ、こん……」

挨拶しようとして、口が止まった。

玲奈の姿があまりにそそったからだ。玲奈は一見、普通のパジャマ姿だったが、よくみるとシャツタイプのパジャマの、上だけしか着ていないのだ。

パジャマのボタンも真ん中のふたつしか留めておらず、生の乳房が半分近く露わになっていた。ブラの影が見当たらないから、恐らくノーブラだと思った。

その上、パジャマの裾から、生足がほぼすべて露わになっていた。

玲奈はキャンパスでも、よくミニスカートを穿いていたから、その美脚を拝む機会はけっこうあったが、ここまで露わな太腿を見たことはなかった。

「ごめんね、遅くに呼び出して……。あがって」

と言葉少なに言って、玲奈が踵を返した。

良太はここぞとばかりに、玲奈の太腿とふくらはぎを見つめる。

玲奈は廊下を進むと、右手に折れた。そしてすぐのドアから中に入る。真っ直ぐ行くとリビングのようだったが、どうやら別の部屋に案内されるようだ。別の部屋……まさか、寝室……。

失礼します、とドアを開く。するとまさかだった。

八畳ほどの洋室の中央にダブルベッドが置かれ、その上に玲奈が座っていた。美脚を揃えて斜めに流している。

「脱いで」

と言う。

「えっ……」

「はやく、すっきりして寝たいの。はやく出して」

「だ、出すというと……」

「おち×ぽに決まっているでしょう。もう、びんびんのはずよね」

「えっ……」

「私の胸や足を見て、すぐに硬くさせたわよね、田口くん」

「は、はい……させています」

玲奈の勢いに押されて、そう答える。

「よろしい。はやく、脱いで」

「あ、あの……これから、その……」

「するのよ。もう四ヶ月くらいしていないの。就職活動をはじめてから、していないわ。彼氏ともちょうどそのころに別れたし、験担《げんかつ》ぎじゃないけど、なんか就職が決まるまで、恋愛する気にもなれなかったから、次の彼氏も作らなかったの……。まさか、四ヶ月も内定をもらえないと思ってなかったわ。もうストレスで、変になりそう」

「あの、験担ぎなら、しない方が……いいのでは」

「験担ぎみたいになっているだけで、別にどうしてもエッチを避けなきゃいけないわけじゃないのっ。とにかく、今夜は緊張しすぎて眠れないの。わがまま言って申し訳ないけど、すっきり眠るために、協力してくれる？」

「あの、その相手が僕で、いいんでしょうか」

「嫌なのかしら。私とするのが」

「まさか、したいですっ」

「じゃあ、つべこべ言わないで、脱ぎなさい」

はいっ、と良太はパーカーを脱ぎ、Ｔシャツを脱ぐ。玲奈の前だと上半身脱いだだけでも、やたらに恥ずかしい。

ジーンズのベルトを外し、引き下げていった。もっこりとしたブリーフがあらわれる。鎌首が当たっているところが、沁みになっていた。

ブリーフに手をかける。玲奈はじっと良太を見ていた。良太の股間を見ている。

「はやくしなさいっ」

鋭い声が飛び、はいっ、と一気に引き下げた。弾けるようにペニスがあらわれる。

「あら、たくましいおち×ぽしているじゃないの、田口くん」

と玲奈が身を乗りだしてきた。

『ああ、良太くんのおち×ぽ、とてもたくましいのね』

由梨佳の声が、良太の脳裏に浮かんでくる。由梨佳も俺の勃起したち×ぽを見て、褒めてくれた。

「そ、そうですか、白石さんに気に入ってもらえたなら、うれしいです」

「ルックスは合格ね」

と玲奈が微笑《ほほえ》む。

「ル、ルックスを褒められたの、はじめてです」

と言う。まあ顔ではなく、ち×ぽのルックスなのだろうが、ち×ぽも良太の一部だ。

あらそうなの、と玲奈がうふふと笑う。

「おち×ぽの形、自慢していいわよ」

「そうなんですか」

「ルックスがいいから、しゃぶりたくなったわ。しゃぶるつもりまでは、なかったんだけど」

と言うと、玲奈がベッドから降りてきた。パジャマの胸元から今にも乳房がこぼれ出そうだ。

玲奈は裸で突っ立ったままの良太の足元に片膝をついた。

そして、じっくりと見つめてくる。

「亀頭の張り具合といい、棹の反り具合といい、いいわよお。見ていると、あそこがむずむずしてくるみたい」

玲奈のあそこも、俺のち×ぽを見ながら、どろどろになっていっているのだろうか。

「しゃぶっていいかな」

「も、もちろんです、白石さん……」

玲奈の唇が迫った。先端にちゅっとくちづけてくる。

「あっ……」

たったそれだけで、ペニスに電撃が走った。

どろりと先走りの汁が出た。それを、玲奈が舐めてくる。ちょっと苦しそうな表情を浮かべるが、そんな表情に、良太は興奮してしまう。

美貌の先輩の鼻先で、ぴくぴくとペニスが動く。

玲奈が良太を見上げてきた。美しい黒目で見つめられ、ドキドキする。玲奈は見つめながら、ぱくっと先端を咥えてきた。

「あっ、白石さんっ」

そのまま胴体まで呑み込み、そして付け根まで頬張ってくる。

ああ、文芸部のマドンナの口に、俺のち×ぽが全部入っているぞっ。感激と興奮で、玲奈の口の中でさらにひとまわり太くなった。

「う、うう……」

玲奈が美貌をしかめるも、吐き出したりしない。根元まで頬張ったまま、吸いはじめる。

「ああっ、ああっ」

良太は女のような声をあげて、くなくなと腰をくねらせる。ち×ぽ全体が玲奈の口の中でとろけて無くなってしまいそうだ。

ようやく、玲奈が唇を引いた。

「んふふ、口の中でひくひく動くの。出すのかと思ったわ」

「すいません……気持ちよすぎて……」

玲奈が立ち上がった。

「おしゃぶりしたら、もう、我慢出来なくなってきたわ。すぐに入れて」

と言うと、パジャマのボタンを外し、脱いでいった。

豊満な乳房があらわれる。それは想像以上にたわわに実っていた。乳首はすでにつんと硬く痼《しこ》っている。

乳房だけではなく、下腹の陰りも露わになっていた。驚いたことに、玲奈はノーブラなだけではなく、ノーパンなのだ。

下腹の陰りは意外と濃かくて、割れ目は前からは見えない。

裸になった玲奈は、こちらにお尻を向けてベッドに上がり、仰向けに横たわった。

両膝を立てて広げると、

「来て」

と誘う。はいっ、と良太もペニスを揺らしつつ、ダブルベッドに上がった。

玲奈の股間に腰を入れる。ペニスを摑み、下腹の茂みに向けて進めていくと、鎌首が恥毛に触れた。それだけで、ぞくぞくする。

「そのまま入れて……」

はい、と腰を突き出す。が、入らない。

「あんっ、じらさないで」

と玲奈は自らペニスを掴み、おんなの穴に導いた。正しい角度に合わせられたペニスは、ずぶりとおんなの粘膜へと侵入していった。

2

「ああっ」

と玲奈と良太は同時に声をあげた。

「奥まで入れてっ」

と玲奈が急《せ》かし、はいっ、と良太はさらに突き出していく。ずぶずぶ、ずぶっと奥へ向かってペニスが入っていく。というか、良太からすると、玲奈の穴に吸い込まれていく感覚だった。

玲奈の媚肉はやはり、どろどろだった。それでいて、かなりきつい。待ってましたとばかりに肉の襞の群れがペニスにからみつき、勝手に引きずり込んでいく風情だ。

瞬く間に奥まで貫いた。

「ああっ、もっと深く欲しいの」

と言って、玲奈が両足を良太の腰にまわしてきた。ぐいっと両足で締めてくる。

「上体を倒して、胸板で、おっぱいを押しつぶして」

と玲奈が密着を求めてくる。

良太が上体を倒していくと、胸板に乳房が触れる。そのまま押しつけると、豊満な乳房が柔らかくつぶれた。

玲奈が良太の二の腕を掴み、ぐっと引き寄せてくる。玲奈の美貌が迫ってきたと思った瞬間、キスされていた。

キスだっ。玲奈とキスだっ。

玲奈は両手を良太のうなじにまわして、さらにきつく密着してくる。

ペニスの突きの角度がさらに変わり、はあっと舌と共に、火の息が吹き込まれてきた。

キスしつつのおま×こは、刺激が強すぎる。しかも、胸板では乳房も感じている。

良太は今や、口から下まで全身で、玲奈を感じていた。

舌がぬちゃりとからみ、肉の襞がぴたっと貼り付き、くいくい締めてくる。

「う、うう……」

良太はくらくらしてきた。

「ああ、なにじっとしているのっ。突くのよっ、田口くんっ」

玲奈に言われ、良太は腰を上下に動かしはじめる。ぴたっと貼り付いている肉の襞もいっしょに上下に動く。

「あっ、もっと強く、おま×こが壊れちゃうくらい、突いて」

よくAVで壊れちゃうっ、と女優が叫んでいるではないか。あの状態を玲奈は希望しているのだ。しかし、なぜ俺が相手になっているんだ。

「白石さん」

「玲奈でいいわよ」

「れ、玲奈さん……」

名前で呼ぶと、思わず暴発しそうになる。

「あの、どうして、僕なんですか……あの、まさか、一番家が近いからですか」

「そうよ。一番近いから」

と玲奈が真顔でそう言う。

「ええっ、まじでそんなことでっ」

「冗談に決まっているでしょう……ねえ、もっとぉ」

くいくいと卑猥に腰を振る玲奈の姿があまりにすけべで、良太は息を呑む。

そうだろうか。冗談じゃない気がする。やっぱり、すぐに来れるち×ぽだから、良太が呼ばれたのか。ショックのような、納得のような、複雑な気持ちだ。

だがよく考えれば、のおま×こに包まれ、締められているのが現実なのだ。

現実だけを見よう。呼ばれた理由なんて、どうでもいいじゃないか。

「はやく、すっきりしたいの。いかせて欲しいの。五回はいきたいの」

「ご、五回、ですか」

「そう。いかせられるわよね」

「いや、頑張ります」

良太は渾身の力を込めて、玲奈のおんなの穴を突いていく。

「あっ、ああっ、そうよっ、それ、それっ……いいわっ」

ひと突きごとに、玲奈が敏感な反応を見せる。それに煽られ、良太の責めが激しくなる。

「いい、いいっ」

玲奈のよがり泣きがたまらない。眉間に縦皺を刻ませた表情が、股間にびんびんくる。まずいっ。玲奈のよがり顔を見ていたら、いきそうになる。

でも、見ないではいられない。俺が、俺のち×ぽで、玲奈の美貌を歪《ゆが》ませているのだから。

「ああ、あああっ、いいわっ……ああ、ああっ、いきそう、いきそうよっ」

「出そうですっ」

やばかったが、もう抜き差しは止めなかった。

「えっ、なに言っているのっ……私を一度もいかせないで、自分だけいくつもりっ」

「ごめんなさいっ」

良太ははやくも射精していた。どくどく、どくどく、と勢いよくザーメンが噴き出す。

「あっ、うそっ……う、うう……い、いく……」

玲奈がうっとりとした表情を見せた。どうやら射精を受けて、いったようだ。

脈動が収まり、良太は抜こうとした。すると、だめっ、とばかりに、また両足で良太の腰を挟んできた。

「ああ、良かったわよ……田口くん。少し早かったけど……」

「ぼ、僕も最高でした」

「当たり前でしょう」

妖艶な顔で、玲奈がそう言う。

「はいっ」

良太と玲奈は密着したままでいる。胸板で押しつぶされている乳房はかなり汗ばんでいた。そこから甘い汗の匂いが薫ってきている。

「そのまま、突いて」

「えっ……」

「抜かずの二発よ。出来るでしょう」

「え、ええ……」

「まさか、私のおま×こに締められて、すぐに勃ちませんなんて、馬鹿なこと言わないわよね」

「言いませんっ、玲奈さんのおま×こに入れていて、すぐに勃たないなんて、ありえません」

「よろしい」

玲奈がキスを仕掛《しか》けてくる。熱い息と共に、ぬらりと舌が入ってくる。この、下で繋がったままのキスが、良太には一番効いた。

ねちゃねちゃと舌をからめ、唾液を交換していると、玲奈の中でペニスがぐぐっぐぐっと大きくなっていく。

「あんっ」

おま×こで感じるのか、玲奈が甘い声をあげる。そしてまたキスしてくる。

良太ははやくも腰を動かしはじめた。まだ半勃ちくらいだったが、突きながら、大きくさせようという作戦だった。

「あ、あんっ……もっと硬くして……ああ、はやく硬くして」

火の息を吐きつつ、玲奈が見つめてくる。いった直後の瞳は、妖しく絖光っていた。

玲奈の中で、良太のペニスがさらに太くなっていく。

「いいわっ、もっとよっ」

はいっ、と良太は玲奈の美しすぎる瞳を見つめつつ、腰を上下に動かしている。おま×この締め付けもきつかったが、なにより玲奈の目に感じていた。玲奈の目で、大きくさせていた。

顔勃《かおだ》ちというやつだ。白石玲奈レベルになると、出したばかりでも、顔だけで勃たせられる。

「ああ、いいわ。抜いて」

「えっ」

「体位を変えるのよ」

「ああ、そうですね……なんにしますか」

定食屋のおやじのような問い方で、良太が訊くと、

「バックよ。バックで突いて」

と、とんでもない要望を出してきた。バック、と聞いただけで、玲奈の中でさらにひとまわり太くなる。バックになると、顔は見れないが、すでに充分勃起していたから大丈夫だと思った。それに今度は征服感で興奮しまくりだろう。

ペニスを抜いた。ザーメンと共に出てくる。

それを見て、玲奈に中出ししたんだ、とあらためて感動する。

起き上がった玲奈が、ベッドの上で四つん這いになっていく。

ぷりっと張ったヒップが、良太に向けて、差し上げられてくる。

「ああ、後ろから突いて、良太くん」

玲奈から名前で呼ばれ、それだけでもペニスがひくつく。

尻たぼを摑み、ぐっと広げる。尻の狭間の底に、菊の蕾が息づいていた。

鮎美、由梨佳、そして玲奈。これで三人の尻の穴を生で目にしたことになる。みんな美女だったが、いい女というのは、肛門まで男の目を楽しませるように出来ているものだ、とひそかに感心した。

「ああ、どこ見ているの」

「えっ、いや……お尻を……」

「入れたいのかしら」

「えっ、入れられるんですかっ」

「入れられるわけないでしょう。馬鹿ね、良太くん」

「すいません……」

もしかして、玲奈はアナル経験済みかと思ったが、違っていた。

「ほら、はやくやって、すっきりさせてっ。はやく寝たいの。大事な最終面接で居眠りなんて、絶対にしたくないのっ」

「はいっ、玲奈さんっ」

良太は尻の穴から目をそらし、鎌首を進めていく。おんなの豆芯をペニスで軽く刷きあげると、あんっ、と玲奈がヒップをうねらせる。

先端が入り口に到達した。そのまま腰を突き出す。

バックからペニスが入っていく。

「ああっ、いいっ、おち×ぽ、いいわっ」

と玲奈が叫ぶ。

「僕のち×ぽ、いいですか」

ぐいぐいと奥まで突き刺しつつ、良太は聞く。

「いいわ、ああ、すごくいい感じだわ……ああ、良太くんを呼んでよかったわ……童貞でへたくそかと心配していたんだけど……ああ、杞憂《きゆう》だったわ……」

「童貞だと思っていましたか」

「ううん。茉優ちゃんから、エッチフレンドがいるって聞いたから。それに賭けたの。正解だったわ」

といきなり玲奈が思わぬことを口にした。

「えっ。今、なんて言いましたかっ」

「童貞でへたくそだと困るから、茉優ちゃんに電話してみたの……。ああんっ、そうしたら、たぶんエッチする関係の、幼なじみのお姉さんがいますよ、って茉優ちゃんが……」

なんてことだ。

「そうなんでしょう」

「い、いや……そ、そうです」

「いいのよ。茉優ちゃんの勘もなかなかね。処女のくせして、観察力があるわ」

「夏目さん、処女なんですか」

「決まっているじゃない。どこからどう見ても、処女よ。たぶん、キスも知らないわ」

「そうなんですか」

「あら、大きくなったわ。茉優ちゃんが好きなのね」

「えっ」

「私に入れながら、茉優ちゃんで大きくさせるなんて、ひどいねの。妬《や》けるわ」

玲奈自ら、突き上げた腰をうねらせはじめた。

「あ、ああっ、玲奈さんっ」

バックで責めているはずの良太がうなる。

「突いてっ、なに休んでいるのっ」

はいっ、と良太は激しく抜き差しをする。それに、玲奈の尻のうねりが加わる。玲奈の中で、前後に動くペニスがねじあげられていく。

「あ、ああっ、ち×ぽがっ」

「もっと、もっとちょうだいっ」

はいっと良太は懸命に腰を動かす。

良太の頭は混乱していた。由梨佳とのエッチが茉優にばれていた。茉優はキスも知らない処女。新しい情報ばかりで、どう受け止めたらいいのか分からない。

「ああ硬いっ、また硬くなったわっ、あ、ああっ、茉優ちゃん効果ねっ」

「違いますっ」

と叫びつつ、良太は玲奈の媚肉を突き続ける。二度目だったが、はやくも射精しそうになっていた。

「ああ、もう、出そうですっ」

「だめよっ！　私がいってから、出すのっ。それまでは出してはだめっ」

と言いながら、玲奈自身も掲げたヒップをうねらせている。

「ああ、だめですっ、出ますっ」

射精する瞬間、良太の脳裏に茉優の美貌が浮かんだ。

「あっ、出るっ」

二発目とは思えないほど凄まじい勢いで、噴射した。

「あっ、い、いく……」

またも玲奈は、子宮にザーメンを受けて、いっていた。

「出る、出る、出るっ」

と叫びつつ、良太は脈動を続けた。

3

さすがに連発して、ペニスが急激に萎えていった。くいくいと締めていたが、そこから大量のザーメンと共にペニスが抜ける。

すると、がくっと玲奈が突っ伏した。ぷりっと張ったヒップが汗ばんでいる。

玲奈が上体を起こし、良太を見つめる。

「今、誰を思いながら、いったのかしら」

荒い息を吐きつつ、玲奈が聞いてくる。

「えっ……」

咄嗟《とっさ》に玲奈さんです、と言えなかった。ザーメンを出したばかりの隙をつかれてしまった。

「まさか、茉優ちゃんじゃないでしょうね？」

と言いながら、膝立ちとなった玲奈が上気させた美貌を寄せてくる。

「い、いいえ……まさか、ありえません」

良太は激しくかぶりを振る。

「そうよね。普通はありえないよね。白石玲奈に入れながら、他の女を思って出すなんて、ありえないよね」

と言いつつ、玲奈が良太の胸板をそろりと撫でてきた。そして乳首を摘まむと、ぎゅっとひねってくる。

「あっ、ああっ」

痛かったが、それだけではなかった。なにか、得も言われぬ気持ちよさが、湧き上がったのだ。やはり、ひねっている相手がとびきりの美人だからだろうか。

「茉優ちゃんを思って出したのね」

「いいえ、違いますっ！　玲奈さんを思って、出しました」

「うそ」

と玲奈はもう片方の乳首も摘まんでくる。そしてぎゅっと両方ひねりつつ、キスしてきた。ぬらりと舌を入れてくる。

「う、ううっ」

乳首責め＋ベロチュー。たまらない刺激に、良太は身体をくねらせる。玲奈は強く乳首をひねりつつ、唾液をどろりと流しこんでくる。

良太はそれをごくんと飲み干す。まさに甘露《かんろ》だ。

「正直に言いなさい。正直に言ったら、お尻の穴を舐めてあげる」

「えっ、玲奈さんが……僕の肛門を……」

「そう。誰を思って、今、出したのかしら」

そう聞きつつ、玲奈が右手を良太の股間に入れてきた。蟻の門渡りをくすぐってくる。

「あっ、それっ」

その刺激だけで、ペニスがむくっと頭をもたげはじめる。

玲奈の指先が、肛門に到達した。そろりと撫でられる。

「誰を思って、私の中に出したのかしら？」

「玲奈さんです……玲奈さんしか思っていません」

「あら、そう」

肛門を撫でていた指が引かれる。

「ああっ、そんなっ。今、正直に話しましたっ」

「うそばっかり」

「ああ、すいませんでしたっ」

と良太は先に謝る。

「さっきは夏目さんの顔が突然、浮かんできて、そしたら暴発してしまって……あの、夏目さんを思って出したんじゃなくて、勝手に頭に浮かんでしまったんですっ」

ふうん、と玲奈がうなずく。

「お尻出しなさい」

と玲奈が言う。

「えっ……」

「四つん這いになるのよ。肛門、舐めて欲しいんでしょう」

「欲しいですっ、玲奈さんっ」

なぜか、良太は涙を浮かべていた。茉優で出したことで泣いているのか、肛門を玲奈が舐めてくれるから泣いているのか、わからない。

「はやくしなさいっ」

すいませんっ、と良太は玲奈の横で四つん這いになっていく。この形はとても恥ずかしい。由梨佳に肛門を晒《さら》した時は、良太は立っていた。が、今は四つん這いだ。

玲奈が背後にまわった。尻たぼを撫でられる。それだけでも、ぞくりとした感覚が下半身を震わせる。

玲奈が尻たぼを開くと、ふうっと肛門に息を吹きかけてくる。

「あっ、それっ」

息を感じただけで、良太は腰をくねらせた。ただの息じゃないのだ。白石玲奈の息なのだ。しかも、肛門にかけられている。なにかこう、すごく申し訳ない気になると同時に、玲奈が俺の肛門を見ていると思うと、ひどく股間が熱くなる。

ぞろりと肛門を舐められた。

「あっ、玲奈さんっ」

玲奈はぐっと尻たぼを開き、強く舌腹を押しつけてくる。舐めるとはいっても、軽く撫でる程度だと思っていた良太は驚いた。

「あ、あんっ、あん、あんっ」

恥ずかしいが、情けない声を出してしまう。

玲奈が尻の穴を舐めつつ、右手を前に伸ばしてきた。ペニスを摑んでくる。

「あら、すごい。もう大きくなってきたわ。良太くん、お尻の穴が好きなのね。幼なじみのお姉さんに、舐めてもらっているのかしら？」

「えっ、そ、それは……」

いきなり図星をさされ、咄嗟《とっさ》に違います、と言えなかった。

「やっぱり、そうなのね」

対抗意識を持ったのか、尻の穴をぐっとくつろげると、玲奈がとがらせた舌を入れてきた。ドリル舐めだ。

「ああっ、それっ、ああ、だめですっ、それっ……ああ、玲奈さん、汚いですっ、あぁ、玲奈さん、汚れますっ」

尻の穴に玲奈の舌が入っていると思っただけで、四つん這いの良太の身体は燃え上がる。すでにペニスは鋼《はがね》の力を取りもどしている。

握っている玲奈はわかっているはずだが、ドリル舐めをやめようとしない。それどころか尻の穴を責めつつ、ペニスをぐいぐいしごいてくる。

「あっ、あんっ、あ、あんっ」

ペニスと肛門。男の二大急所を同時に責められ、良太は女のような声をあげ、四つん這いの身体をくねらせ続ける。気持ちよすぎて、じっとしていられない。

「ああ、良太くんの急所がわかったわ。これで五回は確実ね」

「えっ、そ、そうですか……」

良太の尻から美貌を引いた玲奈が、ベッドから降りた。そして、大きな姿見の前に立つ。自分の裸体を妖しく潤んだ瞳で見つめている。

「立ったまま、後ろから入れて」

「はい、玲奈さん」

良太は玲奈の背後に立った。良太の姿も鏡に映る。良太の顔のすぐ横に、玲奈の美貌がある。ああ、こんな美人とエッチしているなんて、信じられない。

「はやくして。今度こそ、突きながらいかせてね」

「はい……」

良太は玲奈の尻たぼを摑み、ぐっと開くと、びんびんになったペニスを入れていく。

立ちバックだ。すでに由梨佳で経験している。鮎美で童貞を卒業してから、すごいペースで美人たちとエッチをやっている。

「立ちバックは、はじめて？」

「えっ、あ、ああ……」

またも、すぐに返事出来ない。

「あら、これも幼なじみのお姉さんとしてるの？　その人って、エッチなのね」

鏡越しに、玲奈が妖しい眼差しでにらみつけてくる。その目に、良太のペニスがぴくぴく動く。

ペニスを後ろから入れていく。すぐに先端が割れ目に到達する。

「入れます」

「ああ、ちょうだい」

鏡を見つめつつ、玲奈がそう言う。玲奈は良太を見てはいなかった。良太に立ちバックでやられる自分自身を見つめていた。

良太はぐっと腰を突き出した。鎌首が割れ目に入るなり、すぐさま、玲奈の肉の襞がからんできた。良太はそのまま突き刺していく。

「ああっ、いいっ」

いきなり玲奈が歓喜の声をあげる。

良太は尻たぼを掴み、抜き差しをはじめる。三度めということもあり、突きにも力が入る。

「いい、いいっ……いいっ」

ひと突きごとに、玲奈が愉悦の声をあげる。瞳は閉じない。ずっと鏡に映る自分の恥態を見つめている。

それだけではない。突くたびに揺れる乳房を摑んでいったのだ。

「ああ、もっと強くっ」

と叫びつつ、玲奈は自分の乳房をこねるように揉んでいく。

その姿はエロかった。エロ過ぎた。

「ああ、玲奈さんっ」

「はあっ、ああっ、幼なじみのお姉さんと……ああ、どっちのおま×こがいいかしらっ、良太くんっ」

「えっ……」

すぐに、玲奈さんですっ、と言えばよかったのだが、思わず、比べようとした。

「あら、私じゃないのねっ」

と玲奈が鏡越しに美しい黒目でにらんでくる。

その瞬間、思わず出しそうになり、良太は腰の動きを止めた。ぎりぎりセーフだ。

「勝手には出してはだめよ」

「出しませんっ……もちろん、玲奈さんのおま×こがいいです」

「うそ」

玲奈の媚肉が強烈に締まってきた。

「ああっ、それ、それっ、だめですっ」

良太は奥まで貫いたまま動いていない。気持ちよすぎて、動けなかった。締められているだけで暴発しそうだ。

「突きなさい」

「突いたら、出ますっ」

「また勃たせればいいわ」

「えっ、また……」

「あら、たった三発出して、もう勃たせられないっていうのかしら」

そう言いながら、良太のペニスを締め上げてくる。

「ああっ、出ますっ、ああ、締めすぎですっ、玲奈さんっ」

「どっちのおま×こがいいかしら」

「玲奈さんですっ。ああ、すごすぎますっ」

おうっ、と吠えて、良太ははやくも三発目を出してしまった。

「あううっ……」

射精を受けた瞬間、玲奈は軽くいき声をあげたが、いく、とは言わなかった。

「どうして、勝手に一人だけいっているのかしら」

「すいませんっ」

と謝っている間も、脈動は続いている。三発目なのがうそのように、出続けている。

「んんっ、そのまま……突いて」

はいっ、と良太はあわてて腰を動かす。脈動を続けるペニスで、玲奈の媚肉を深いところまで突いていく。

「あっ、ああ……」

玲奈は瞳を開いたままだ。良太も立ちバックで突きつつも、玲奈の美貌を見ることが出来ていた。

バック責めの最大の欠点は、相手のよがり顔が見れないことだったが、鏡越しにたっぷり見られている。その視覚的な刺激が、股間にびんびん直撃してくるのだ。

すると、三発目を出したばかりのペニスにあらたな力が漲《みなぎ》りはじめた。

萎える前に、ぐぐっと力を帯びていく。

「ああっ、いいわっ、抜かずち×ぽで、突いてっ」

鏡越しに良太を見つめつつ、玲奈がそう言う。良太は汚名返上とばかりに、渾身の力を込めて突いていく。

突くたびにち×ぽに刺激を受けて大きくなっていく。硬くなっていく。

「ああ、すごい、すごいわっ……ああ、大きいのっ……ああ、おち×ぽ、もう、大きいのっ」

玲奈は鏡越しに、良太を見つめてきていた。ずっと目と目が合っている。視線だけで、大きくさせることが出来る自信があるのだ。

だから、三発目は鏡の立ちバックにしたのかもしれない。いく前に良太が出しても、四発目にすぐに移行出来ると。

「ああ、ああっ、いい、いいっ、おち×ぽ、いいっ」

「玲奈さんっ」

良太は鏡越しに玲奈と見つめ合いながら、激しく立ちバックで突いていく。はやくもペニスはびんびんになっている。それで、突いて突いて、突きまくる。

玲奈のおんなの穴はどろどろに濡れて、抜き差しするたびに、ぴちゃぴちゃと淫らな音が聞こえてくる。

「いきそう……ああ、玲奈、いっちゃいそうなのっ」

鏡越しに、舌足らずに訴えてくる。

「いってくださいっ、玲奈さん、いってくださいっ」

責めている良太もいきそうだった。

「ああ、良太くんも、いきそうかしら」

「はいっ。出そうですっ」

「いっしょに……ああ、玲奈といっしょにいってつ、良太くんっ」

「いきますっ、いっしょにいきますっ」

とどめを刺すべく、鎌首で子宮を叩いた。

「ひいっ……いく……いくいくっ」

玲奈がいまわの声をあげ、がくがくと立ちバックで繋がった裸体を痙攣させた。当然、おま×こも痙攣する。

「ああっ、出る、出るっ」

良太も吠えていた。はやくも、四発目のザーメンを、玲奈の中に注いでいた。

4

「あっ、ああ……はあっ……」

頭の上から、玲奈の喘ぎ声が聞こえる。

良太と玲奈はバスルームにいた。自分が中に大量に出したザーメンを、良太は指を使って、玲奈のおま×こから洗い流していた。

奥まで入れて掻《か》き出す指の動きに、玲奈が感じて、くなくなと下半身をくねらせている。良太はシャワーの噴出口を剥きだしの花びらに当てると、

「お湯、出してください」

と言う。玲奈がシャワーのコックをひねる。すると、シャワーが勢いよく噴き出し、玲奈の花びらにかかった。

ザーメンまみれだった花びらが、ピンク色に戻っていく。

「あっ……ああ……そ、それっ、クリに押しつけて！」

なるほどと思い、良太はシャワーの噴出口をクリトリスに当てた。

「ああっ、はあああんっ……」

玲奈の下半身ががくがくと震える。おま×こに指を入れて、ザーメンを掻き出している時からむずむずしていたペニスが、ぐぐっと力を帯びていく。

「ああ、ああっ、いやいや、シャワーでいきたくないのっ。ああ、おち×ぽだけでいきたいのっ。田口くんのおち×ぽ、どうなのっ」

「けっこう大きくなってきました」

そう言うと、玲奈が洗い場でしゃがんだ。半勃ちまで戻ったペニスを握ると、ぐい

ぐいしごきつつ、キスしてくる。ぬらりと舌が入ってくるだけで、股間にびんびんくる。

「うんっ、うっんんっ」

玲奈は火の息を吹き込みつつ、良太の舌を貪ってくる。すでに三度いっていたが、まったく物足りないようだ。

逆に、四発出している良太はすでに満足しきっていたが、あと二度、ち×ぽでいかせないと、淫乱な先輩は解放してくれそうになかった。

「ああ……気持ちよくて、危うくシャワーでいくところだったわ」

「そうですか」

「シャワーでいっては、良太くんを呼んだ意味がないの。わかるでしょう」

「わかります。オナニーでいくら出しても満足しませんから」

「そうよ。やっぱり、男と女は、おち×ぽとおま×こを合体させるのが、一番嬉しいことなの。ああ、そこであぐらを掻いてっ。ベッドに戻る時間が惜しいわ」

そう言われ、良太が洗い場であぐらを掻くなり、玲奈が腰を跨いできた。逆手で、八分勃ちまで戻ったペニスを摑むと、腰を落としてくる。

先端が燃えるような粘膜に包まれたと思った次の瞬間、ずずずっとち×ぽ全体が包まれてきた。

しっかりと座位で繋がると、玲奈が両腕を伸ばし、良太の首にまわしてくる。豊満な乳房を胸板に押しつけつつ、クリをこするようにして、股間をうねらせはじめる。

「ああっ、いいわっ……ああ、おち×ぽいい……ああ、良太くん、おち×ぽいいわよ」

「は、はい……おま×こも最高です、玲奈さん」

「当たり前でしょう」

「すいません……」

玲奈は火の息を吐きつつ、乳房を強く押しつけてくる。

「なにしているの。突き上げて」

はいっ、と良太は腰を動かす。垂直にペニスを突き上げる。すると、じゅぼっと股間から淫らな音がした。

良太は玲奈の細い腰を摑み、ぐいぐいと突き上げていく。垂直に肉の襞を突き上げる感覚は、あらたな刺激だ。それは突かれる玲奈も同じようで、

「いい、いいっ、もっとっ、もっとっ」

と叫ぶ。

さっきシャワーでいきそうになっていた玲奈は、アクメを迎えるのが近いと踏み、良太はここぞとばかりに激しく腰を動かした。

「あ、ああっ、あああっ、い、い……いくっ」

ついに、玲奈が良太より先にいった。強烈な締め付けに耐えつつ、なおも突き上げていく。

「いくいくっ」

玲奈は強く良太にしがみつき、さらにいまわの声をあげ続ける。

良太はどうにか、五発目を出さずに済んだ。お互い四度ずついき、イーブンになった。

はあはあ、と荒い息を吐き、アクメの余韻に浸《ひた》っている玲奈が、良太を見つめてくる。めちゃめちゃ顔が近い。肌の肌理《きめ》の細かさがよくわかる。

あらためて、いい女だと思う。女優といっても皆、信じるだろう。就職活動をやめて、いっそ、女優を目指した方がいいんじゃないのか。

「ああ、あと一回いけば、すっきり眠れそうだわ」

「も、もう充分なんじゃないんですか」

「だめよ……。五回はいかないと。あら？　それとももう、私とエッチしたくない？

良太くんたら、贅沢《ぜいたく》ね」

「そんなことありませんっ。したいですっ。ずっとし続けたいですっ」

「よろしい」

と言うと、玲奈が座位を解くように立ち上がった。ペニスがおんなの穴から抜けていく刺激に、良太はうなる。裏筋が肉襞にこすりあげられる。

ううっ、とうなっていると、立ち上がった玲奈がバスルームを出た。

良太もあわてて玲奈のヒップを追う。玲奈はバスタオルで裸体を拭《ふ》きつつ、寝室に戻る。そして、ベッドに仰向けになった。

「最後は、やっぱりこれかな」

そうですね、と言いつつ、良太もベッドに上がる。玲奈の愛液まみれのペニスが弾む。

「さあ、はやくいかせて……」

わかりましたっ、と良太は閉じている両膝を摑み、ぐっと開くと、正面から腰を入れていく。鎌首が玲奈の割れ目に迫っていく。

割れ目に肉棒を押し当てると、ずぶりと突き刺した。一気に奥まで貫いていく。

「いいっ！」

ひと突きで、玲奈が絶叫する。

いいぞっ、と良太は玲奈の両足を抱え、乳房に押しつけるようにして、折り込んでいく。ペニスの侵入角度がより深くなっていく。

「ああっ、それ、それいいっ……ああ、上手よっ、ああ、良太くん上手よっ」

玲奈にエッチを褒められ、良太のボルテージは一気に上がる。ここは、一気呵成《いっきかせい》に責めていかせるのだ。

四発出した今は、さすがに余裕があった。良太は斜め上からずどんずどんとえぐっていく。

「ひいっ、ひいっ……ひいっ」

玲奈が悲鳴のような声をあげる。両腕を万歳するように上げている。汗ばんでいる腋の下がエロい。

「ほら、ほらっ」

調子に乗って、リズミカルに小刻みに突いていく。

「ひっ、いい、いい、いいっ」

玲奈の身体が完全に折り曲がり、突くたびに自分の膝で、乳首を押しつぶす形になっていた。

「あ、ああっ、いきそう……ああ、いっしょにっ……ああ、良太くんも五発目を、あたしの中に出してっ！」

玲奈が瞳を開き、良太を熱く見上げてくる。

美しすぎる黒目が切なく絖り、良太を恋人を見るような目で見つめてくる。

「ああ、玲奈さんっ」

良太はその目で、いきそうになる。

「ああっ、だめっ、まだだめっ……」

おま×こで、良太が出そうになるのに気づいたのか。

「目を閉じてくださいっ、ああ、そんな目で見つめられたらっ」

出ますっ、と叫ぶ直前に、玲奈が、

「いくっ」

と叫んだ。そのいき顔を見て、良太は射精した。

「あっ、いくいく」

と告げて、玲奈が良太を抱き寄せる。火の息を吐く唇を押しつけてきた。

「う、ううっ」

良太はうなりつつ、射精を続けた。

第四章　お姉さんの肛悦と縄掛け妻

1

翌日――いきなり講義が休講になってしまったので、二時間空き時間ができた良太は、文芸部の部室をのぞいた。

昨夜はあれからすぐに玲奈の部屋をあとにして、それっきりなのだが、部室で玲奈と会えるのではないかと、淡い期待を持っていたのだ。

しかし現実では、夏目茉優が一人部室にいた。相変わらず、文庫本を読んでいる。

「さっき、白石先輩から感謝の電話をもらいました」

文庫から目を離さず、茉優がそう言った。

「えっ……感謝って……？」

「五回もいけて、すっきりして、最終面接もばっちりだったそうです。たぶん、内定もらえそうと言ってました」

「そうなんだ。良かった、良かったよ……」

良かったが、茉優に玲奈とやりまくったことを知られてしまった。でも、そもそも玲奈が良太はどうかと聞いて、茉優が由梨佳とやっていると伝えたのだ。

となると茉優には、玲奈だけではなく、由梨佳ともやったことを知られたことになる。別に茉優は彼女じゃないから、知られてもいいが……でも、なんとなく知られたくなかった。

「田口先輩、モテモテなんですね」

文庫を見つめたまま、茉優がそう言う。今日もよく話しかけてくるのは、どういうわけだろう。

「モテモテなんかじゃないよ」

「うそ……」

そう言って茉優が文庫から目を離し、部室の入り口に立っている良太を見た。眼鏡越しだったが、澄んだ美しい目で見つめられ、ドキンとする。

この胸の高鳴りは、玲奈に見つめられた時のそれとは違っている気がした。

「由梨佳さんも白石先輩も、禁欲生活が長すぎて我慢がきかなくなって、手近な男を誘っただけだよ」

「禁欲、ですか……」

「そうだよ」

「田口先輩は、おんなの禁欲を解消してくれるのですか」

「ま、まあ、最近はそうかな……由梨佳さんも白石先輩も……定食屋の鮎美さんも……すっきりした顔で喜んでいたし」

「えっ、定食屋の鮎美さんって、誰ですかっ」

「あっ、いや、なんでもないんだよ」

まずい。口が滑った。

「すごいですね。三人の女性を禁欲から解放したんですか」

「ま、まあ、そうなるね」

「ふうん。やっぱりモテるんですね」

やはり、茉優は饒舌《じょうぜつ》だ。いっしょに居酒屋で飲んでから、茉優の態度が変わった気がする。

「座らないんですか」

「あ、ああ……そうだな」

良太は部室に入った。長机がTの字に置かれ、その両サイドに、ソファーが置かれている、いつもの部室だ。茉優とは斜め前の位置に座った。

いつもなら、部員がもう二、三人たむろしているのだが、今日に限って誰もいない。茉優とふたりでラッキーとは思うのだが、今日はこの前と違って、妙に気まずい。

本でも読むか、と思い直し、リュックから文庫本を取り出して開く。良太は時代小説が好きで、よく読んでいた。

「あの……私も、そうなんです」

と茉優がいきなり、口にした。

「えっ、そうって、なにが……」

「だから、禁欲です……二十歳の今まで、ずっと禁欲しています」

「えっ、それって……」

『決まっているじゃない。どこからどう見ても、処女よ。たぶん、キスも知らないわ』

エッチの途中で聞いた玲奈の言葉が蘇る。

「だから禁欲です……」

「禁欲っていうのは、したいのに欲望を抑《おさ》えて、していないってことだよね」

「はい……」

「その、今、したいの……？」

「……はい……」

眼鏡越しに、良太を見つめて、茉優がうなずいた。

こ、これって、あなたとしたい、という告白なんじゃないのかっ。

いや、まさか違うだろう。このところ鮎美、由梨佳、そして玲奈とうまくいきすぎて、みんな俺とやりたがっていると、勘違いしやすくなっているだけだっ。

茉優が文庫のブックカバーを外して、表紙を良太に見せた。

そこには、両腕を上げて、悔しそうな目をこちらに向けている、黒のレザービスチェ姿の女性が描かれていた。

ひどく扇情的な表紙で、およそ女性が読む本とは思えない。

「えっ、それって、官能小説のラブロマン文庫じゃないかっ！」

はい、と茉優がうなずく。頬が真っ赤になっている。

「しかも……女捜査官凌辱《りょうじょく》もの……」

「はい……」

驚いた。茉優はいつも官能小説を読んでいたのだ。しかも、ただの官能小説ではない。女捜査官凌辱ものなのだ。

普段は強く凛々しい女性捜査官が、犯罪者の手に落ちて淫らに責め抜かれる、ハードな凌辱ものだったはず。表紙で黒いレザーの女が両腕を上げているのは、悪人に捕らえられたのを表しているのだろう。

茉優が持っているものとは違うが、良太も何冊か読んだことがある。

「このシリーズが大好きで……三巻まで出ているんですけど、どれも、何度も読み返しているんです」

「いつも、それを読んでいたの？」

「はい……田口さんだから話すんです……」

「そ、そう……」

「この本を読む時、責められる女捜査官に、すごく感情移入するんです。悪党に捕まって、ねちねちとエッチな凌辱を受ける場面を読んでいると……」

そこで話を区切った。

「読んでいると、どうなるの」

と先を促《うなが》す。

「すごく、濡れるんです……」

羞恥の息を吐くように、茉優がそう言った。

「濡れる……女捜査官が責められているシーンで濡れるんだね」

「はい……だから……」

「だから……」

ごくりと生唾を飲む。

「今も……濡れています」

と言うと、茉優は両手で真っ赤になった美貌を覆った。文庫本が足元に落ちる。

「私……、捕らわれて悪党に責められながら、処女を破られたいんです」

「そ、そんな……」

「こんなの、現実には無理だとわかっています。でも、こういう願望のせいで、もし普通のエッチで感じなかったらどうしようかって……」

両手を顔から離すと、足元に落ちた文庫本を拾った。そして真っ直《ま》ぐ《す》良太を見つめ、

「怖いんです……」

と言った。

「怖い？」

「はい。普通のエッチで感じないかもしれないってことが……。でも、わかりません。だから、ずっと禁欲状態なんです」

「そ、そうなんだね……」

「田口先輩、私の禁欲生活も解消してくれませんか」

「えっ……それって、その……」

そこまで話した時、ドアが開き、同じ三年の遠山と山田《やまだ》が入ってきた。

茉優があわてて、ブックカバーをつける。

「よう。今、白石先輩と会ったんだけど、すごいミニだったぜ」

と遠山が興奮ぎみにそう言ってきた。

「えっ、そうなの。見たかったな」

と良太は話を合わせる。が、頭の中は白石玲奈のミニスカではなく、今の茉優の告白のことでいっぱいになっていた。

「白石先輩、最終面接どうだったんだろうな」

と山田が言う。茉優はすでに、いつものような文庫本に目を向ける体勢になっていた。遠山と山田はちらちらと茉優を見るものの、話しかけたりはしない。

『田口先輩、私の禁欲も解消してくれませんか』

茉優の言葉が、良太の頭を駆け巡っている。聞き間違いじゃなかったよな。確かに、茉優はそう言ったよな。

それからほどなくして、茉優は文庫本をトートバッグに入れると、失礼します、と部室を出ていった。

「なんか……今日の夏目さん、色っぽくなかったか？」

とすぐに、遠山が聞いてきた。

「そうかな」

「そうだよな。俺も、やたらとそそられたよ！」

と山田も頷《うなず》く。

「いやあ、いつもと変わらないんじゃないかな……」

あたりさわりのない返事をしつつも、その後の良太の頭の中は、茉優の禁欲解消のことでいっぱいになっていた。

やがて午後四時を過ぎた。そろそろ講義が終わりの時間を迎えるはずの茉優に、メールしてみようか、と文面を考えていると、携帯が鳴った。

「あ、良太くん？　またお願いできるかな」

電話の向こうで、由梨佳の声がした。それはとてもハスキーで、耳にしただけで、ぞくぞくしてくる。

「お願い……って？」

「あれよ。カンフル剤を、また打って欲しいの」

これは、エッチしたいという意味だ。一気に勃起する。

「それも強力なやつでお願いしたいの」

「強力なやつって……もしかして……」

「うちの店の近くに、エンジョイっていうカラオケボックスがあるの。そこで待っているから、すぐに来て」

そう言うと、電話は切れた。

良太の頭が、茉優から由梨佳へと切り替わる。

『お尻は、だめよ……』

良太が由梨佳の尻の穴を見ている時、彼女はそう言った。だが、

『もっと強いカンフル剤が必要になったら、そこにもぶちこんでもらうかもね』

とも言っていたのだ。

もっと強力なカンフル剤って、アナルエッチのことじゃないかっ。

良太の欲情に火が入る。

お尻の穴。由梨佳さんの尻穴の処女をものに出来るっ。それは心が躍ることだったが、由梨佳と居酒屋でエッチして、一週間も経っていない。一週間も経たないうちに禁欲が我慢できなくなるなんて、ブラック化がさらに進んでいるのだろうか。

とにかく行こう、と良太は大学を出た。

2

カラオケボックスの看板が見えはじめる頃、由梨佳からメールが来た。５０６号室とそっけなく部屋番号だけが書かれている。

やるためだけの連絡といった感じだ。良太が誰か女性にこんなメールを送ったら、失礼でしかない。でも、由梨佳から部屋番号だけのメールが来ると、やっぱり強力なカンフル剤を欲しているんだ、とドキドキしてくる。

カラオケボックスに入り、エレベーターで五階に上がる。５０６号室のドアは上半分が磨《す》りガラスになって、中がのぞけた。

これは中で変なことをしないように、とわざとのぞけるようになっているのだろう。が、実際に廊下からのぞく者はほぼいないはずだ。

由梨佳はノートパソコンのディスプレイを見ていた。良太とやるための待ち合わせの最中まで仕事とは……やはり彼女の会社のブラック度は上がっているみたいだ。

ドアを開き、こんにちは、と中に入る。こちらを振り返った由梨佳の顔を見て、良太は思わず息を呑んだ。目の下の隈《くま》がかなり目立つようになっている。肌の艶《つや》もなくて、せっかくの由梨佳の美貌が影を潜めているのだ。

「忙しそうだね……」

「最近、商品開発部の方で、新しいプロジェクトを任せられたの」

「じゃあ、居酒屋の店長の方は終わったの」

「まさか。居酒屋の方は、私が店長になったあと売り上げアップして、専務がとても喜んでいるらしいの。だから、兼業のままよ」

「そうなの……身体、大丈夫？」

「あんまり大丈夫じゃないかもね……。だから、来て貰ったのよ」

そう言いながら立ち上がると、由梨佳はソファーに四つん這いになっていった。

由梨佳はタイトミニ姿なので、ミニの裾がたくしあがり、むちっとした太腿が八割がた露わとなる。

そばにパンストが丸めて置いてあった。どうやら、すぐにやれるように、あらかじめ脱いでいたようだ。

上半身は白のブラウスで、紺のジャケットは壁のハンガーにかけてあった。

「ほぐして」

と由梨佳が言う。声が甘くかすんでいる。

「い、いいんだね」

「いいから、呼んだのよ。この前のカンフルエッチ、すごく良かったわ。仕事も乗れたし、良太くんには感謝しているの」

四つん這いのまま、由梨佳がそう言う。

「僕こそ……感謝しているよ」

「話はいいから、舐めて」

うん、とうなずき、良太もソファーに上がった。廊下を見る。磨りガラスの向こうに人の姿はない。まあ、のぞかれていても、由梨佳は舐めてと言うだろうが。

良太はミニの裾をさらにたくしあげた。いきなりむちむちの双臀があらわれ、あっと声をあげる。

「パンティも脱いでおいたの。時間の無駄でしょう」

丸めたパンストの下にパンティを置いているのだろう。しかし、なんとも雰囲気の無いエッチだ。これが男と女が逆だったら、私とは身体だけの関係なのねっ、と怒って出て行ったかもしれない。

もちろん、良太は出て行かない。尻たぼに手を置き、ぐっと開くと、狭間の底に菊の蕾が見える。

視線を感じるのか、それとも我慢出来ないのか、ひくひくと収縮している。

「ああ、はやく舐めて。ほぐして」

はい、と良太は顔を尻の狭間に埋めていく。そして、ちゅっと肛門にキスをした。

するとそれだけで、

「あんっ」

と幼なじみの女が甘い声を洩らす。

「尻の穴を舐められるのは、はじめてじゃないの？」

「ああ、もう何度も舐められているの……ああ、だから今日、すぐに良太くんにお尻の処女をあげることが出来るわよ」

今日すぐに、ということはもう十分後には、この穴に俺のち×ぽを入れていることになるんだっ。

良太は舌を出すと、ねっとりと幼なじみのお姉さんの肛門を舐めていく。

「あっ、ああ……ああ……」

舌腹を這わせるたびに、掲げられたヒップがぴくぴくっと動く。かなり尻の穴は敏感なようだ。

「唾をたくさん流しこんで」

と由梨佳が言う。良太は言われるまま、唾液を尻の穴にどんどん垂らしていく。そして、ぺろぺろと舐める。

「ああ、ああっ……いいわ……ああ、いいわよ、良太くん」

尻たぼが汗ばんでくる。前の穴から、発情した牝の性臭が薫りはじめる。

すでにかなり、からだ全体が燃え上がっているようだ。

「ああ、いいわ。入れて、良太くん」

早い。カラオケボックスに入ってまだ五分ほどなのに、もう後ろの穴の処女をものに出来るのだ。

はいっ、と良太はジーンズのベルトを外し、ブリーフと共におろした。弾けるようにペニスがあらわれる。当然のことながら、びんびんだ。先端にも大量の先走りの汁が出ている。

「ああ、はやく、お尻にカンフル剤を」

と待ちきれない由梨佳が差し上げたヒップを振ってくる。さらにブラック度が進んでいるようだったが、だからこそ、こうして由梨佳の尻の穴の処女を頂けるのだ。

ペニスを尻の狭間に入れていく。先端が菊の蕾に触れた。

思いのほかあっさりと入れる流れになり、心の準備が追いついていなかったが、ここは貫くしかない。

鎌首を菊の蕾に押しつけていく。

「う、うう……」

鎌首は野太く、尻の穴は小指の先ほどしかない。そもそも、入れるための穴ではないのだから当然だ。良太がめりこませようとすると、押し返してくる。

「もっと力を入れていいのよ、良太くん」

はい、と良太は無理矢理入れようとする。が、だめだ。

「唾をもっと垂らしてみて」

と由梨佳が言う。良太は鎌首を引くと、ひくひく収縮している尻の穴に、再びどろりと唾液を垂らしていく。すると、由梨佳の肛門が唾液を呑み込んでいく。

「ああ、穴が生きてるみたいだ」

「当たり前でしょう。そこも私なんだから」

「お尻の穴も、由梨佳さん……」

当たり前だが、不思議な気がする。

「ああ、入れて。はやく欲しいの。活《かつ》を入れたいの」

そもそも、アナルエッチって、活を入れるためにするものなのか？

だがどうであれ、由梨佳が活を入れたいから、良太が指名を受けているわけだ。これからもお呼びがかかるように、ここはしっかりと勤めなければならない。

良太はあらためて、鎌首を尻の穴に押しつける。

「いくよ」

「来て……」

ぐぐっと突き出すと、今度は尻の穴に鎌首がめりこんでいった。強く押し返してきたが、そこをぐっと押し込む。

「うう、い、痛いっ」

「大丈夫？」

「いいのよ、痛いのがいいの……活を入れるって感じでしょう……もっと入れてっ」

はいっ、と良太は鎌首をめりめりと捻《ね》じこんでいく。

「ああうっ、裂けちゃうっ！」

と由梨佳が叫ぶと同時に、尻の穴がぐっと開き、鎌首をぱくっと咥えた。

今だっ、と良太はぐぐっと押し込んでいく。

「痛いっ、裂けるっ、痛いっ！」

由梨佳が叫び続ける。防音が効いているカラオケボックスで良かった。いや、そもそも叫んでいいように、カラオケボックスにしたのかもしれない。

尻の穴がまた、強く押し返してくる。いったんめりこんでいた鎌首が抜けはじめてきた。

出してはダメだっ、と渾身の力で押し込んでいく。

「ひ、ひいっ」

と由梨佳が絶叫し、逃げるように双臀をうねらせた。

「動いちゃだめだっ」

思わず良太は尻たぼをぱしっと張る。すると由梨佳が、あんっと甘い声をあげた。

「ああ、もっとぶってっ、活が欲しいのよ、良太くんっ」

とにかく、活なのだ。気合いなのだ。

良太はぱんぱんっと尻たぼを張りつつ、鎌首を埋め込んでいく。

由梨佳は、あんあん、と声をあげる。尻の穴から余計な力が抜けていき、そこを押し込むと、鎌首が完全に由梨佳の中に埋まった。

「ああ、入ったわ……ああ、お尻、すごく熱いっ……！」

由梨佳が火の息を吐く。

「あうう、動いていいのよ、良太くん」

「あ、ああっ、無理だよ。お尻、すごい締め付けなんだ」

まだ鎌首しか入れていなかったが、ぴたっと貼り付いた尻の穴の粘膜が締め上げてきていた。その締め具合はおま×ことはまったく違い、容赦がなかった。おま×こはやわらかく包み込み、締めてくる感じだったが、尻の穴にやわらかさはなく、鎌首を潰すような感じで締めてきていた。

だから、ただ入れているだけでも、かなりの刺激を受けていた。

そもそもはやく出しがちの良太はすでに、腰をくなくなさせていた。

「もっと奥までちょうだい」

「そんな、裂けるよ」

「いいの。裂いてちょうだい」

裂くくらいでないと強烈なカンフル剤にならないということか。

良太は歯を食いしばり、動こうとする。が、尻の穴の締め付けは強力で、わずかしか動かない。

「もっと、もっとちょうだい」

「痛くないの」

「痛いわ……ああ、でもおち×ぽが入っていると思うと、ただ痛いだけじゃないのよ。痛いけど、いいの……気持ちいいのよ」

「そうなんだ」

「おち×ぽだから、痛くてもいいの……おち×ぽって、偉大なのよ……ああ、穴で感じているだけで、身体中の細胞が活性化してくるの」

そう言っている間も、先端を締め上げてきている。このますり潰さんばかりの勢いだ。

良太は渾身の力を込め、鎌首を進めていく。すると、裏筋を強烈に擦りあげられた。

3

(やばいっ……!)

そう思った時には、暴発させてしまっていた。

「あっ、うそっ……」

尻の穴に射精を感じたのか、由梨佳がぶるっと双臀を震わせる。

「おう、おう、おうっ」

良太は吠えながら、一人だけ勝手にいき続ける。もう、吠えるのが完全にくせになっていた。

大量に出したところで、鎌首がずるりと抜けてきた。尻の穴はこっちが硬く勃起していないと、すぐに押し出される。ザーメンと共に、ペニスが尻の穴から抜け出た。

「ごめんなさい、由梨佳さん」

萎えつつあるペニスには、処女喪失の証《あかし》である鮮血がにじんでいた。けっこう、中が擦れたようだ。

「だめよ。このままじゃ、夕方からの仕事に身が入らないわ」

「ねえ、今夜は休んだらどうかな。かなり疲れてそうだし」

「なに言っているのっ。学生は呑気《のんき》でいいわね。さあ、カンフル剤を打ってくれるまでは続けるわよ」

と言うなり、由梨佳が四つん這いの向きを変えてきた。

ソファーに膝立ちの良太の股間に、上気させた美貌を寄せてくる。その顔を見て、良太ははっとなった。目の下の隈がかなり小さくなっていたのだ。

それに、肌つやが良くなってきている。血行が良くなっているのだろう。

やはり、これはち×ぽ効果か。前でも後ろでも、穴にち×ぽを感じることで、由梨佳の身体は活性化するのだ。

ここは休むよう勧めるのではなく、協力すべきなのか。休むよう言っても、どうせこの幼なじみのお姉さんは聞かない。それなら、尻の穴でも由梨佳をいかせて、身体中の細胞を熱くさせるのが彼女のためだ。

由梨佳がペニスにしゃぶりついた。根元まで咥え、じゅるっと吸いつつ、右手を尻へと伸ばしてくる。良太の急所をわかっている動きだ。

吸われつつ、肛門をくすぐられると、すぐにぴくっと反応する。由梨佳の口の中で大きくなっていくのがわかる。それだからか、由梨佳の美貌の上下動がはやくなり、指先が肛門の中まで忍んできた。

「ああっ、由梨佳さん」

良太は情けない声をあげて、下半身をくねらせる。ちらちらと窓の磨りガラスを見るが、廊下に人は通っていない。でも、もしかしたら見られるかも、という感覚がちょっとしたスリリングな刺激となっていた。

そのせいか、はやくもぐぐっと反り返っていく。

「う、うう……」

由梨佳は美貌を歪めたが、吐き出すことなく吸い続ける。一秒でもはやく、尻の穴に欲しいのだろう。

物凄い執念だ。これはエッチに対してではなく、仕事に対する執念といえよう。

「ああ、すごいわ。もうこんなになった」

美貌を引いて、由梨佳が勃起を取りもどしたペニスを妖しい瞳で見つめる。

そしてスカートに手をかけると、完全に脱ぎはじめる。

「由梨佳さん……」

白のブラウスだけになって四つん這いになる由梨佳はエロい。さらにペニスの勃起度が上がっていく。これを狙ってスカートを脱いだのか。

「ああ、今度は狂わせてね」

「く、狂わせる……」

ハードルが高い気がしたが、精一杯頑張るしかないし、ここで応えないと次はなさそうだ。それはご免だった。エッチの快感を知ってしまった今、童貞時代には戻りたくない。それこそ、禁欲で良太が変になるだろう。

尻たぼを摑み、ぐっと開く。尻の穴からはザーメンがにじみ出ている。そこに鎌首を当てていく。

「ああ、来て」

「いくよ、由梨佳さん」

由梨佳が執念で勃たせたペニスを押し込んでいく。二度目ということもあるのか、小指の先ほどの窄まりが、あっさりと鎌首の形に開いていく。中出ししたザーメンも潤滑油《じゅんかつゆ》代わりとなっていた。

今度は、ずぶりと鎌首がめりこんだ。

「あうっ、うんっ……」

由梨佳はうめくものの、痛がってはいない。由梨佳の尻の穴は、はやくもペニスに馴染《なじ》んできたのか。

尻の穴の粘膜がぴたっと鎌首に貼り付いてくる。

「奥まで、して……」

と由梨佳が言い、良太は極狭の後ろの穴にめりめりと埋め込んでいく。鎌首が、そして裏筋が擦られる。これがたまらない。やはり裏筋がち×ぽの急所だ。

良太は歯を食いしばり、肉茎の三分の一ほどまで入れた。そこがぎりぎりだった。

「う、うう……うう……」

由梨佳が苦悶のうめきを洩らし続けている。いつの間にか、逆ハート型の双臀があぶら汗まみれになっていた。

「痛くない？」

「痛いわ……でも、さっきとは違う……ああ、痛いけど、すごく満たされてる……。このまま、いけそうな予感がするの」

「尻の穴でいくの」

「ああ、そのために呼んだのよ。私をお尻でいかせて、良太くん」

はじめてのお尻エッチでいかせることが出来るだろうか。でもやるしかない。そのために呼ばれたのだ。いかせられなかったら、他の男が指名されるだろう。それはいやだっ。ずっと由梨佳のカンフル剤でいたい。

なにより、幼なじみのお姉さんを、はじめての穴でいかせたかった。

良太は由梨佳の尻の穴で動きはじめた。まずは引いていく。

「ううっ、痛いっ」

「あんっ、ああっ」

由梨佳は苦悶のうめきを洩らし、良太は愉悦の声を洩らす。逆向きに先端がこすりあげられるのがたまらない。

少しだけ引くと、すぐに、埋め込んでいく。それを繰り返す。

「あう、うう……うう……」

「ああ、お尻、きついよっ」

ちょっとだけ前後に動かしているだけだったが、それで充分だった。が、充分なのは、良太の方だけだ。

「もっと動いて……ああ、もっと痛くしてほしいのっ」

痛いのがいいのか。こんなマゾ気質があるから、由梨佳はブラック労働にも耐えていられるのか。

良太は尻たぼに五本の指を食い込ませる。そして肛門に力を入れて、窮屈《きゅうくつ》過ぎる穴の中で、鎌首を小刻みに前後に動かしだした。同時にねじ込む距離は、じわじわと長くしていく。

「う、うう……うう……」

由梨佳はうめくばかりだ。が、明らかに感じている。尻だけ剝き出した身体全体から、甘い体臭が立ち昇っていた。

とにかく、しつこく責めようと、鎌首を動かし続けていると突然、

「あっ、いきそう……ああ、いきそうっ……深く、えぐって、えぐってぇっ！」

と由梨佳が叫んだ。

ここでとどめを刺すんだっ、と鎌首が押しつぶされる覚悟で、良太は一気にペニスの根元まで撃ち込んでいった。

「ううっ、ち×ぽがっ」

「あっ、い、いくっ……いくいくっ」

鎌首が本当に潰されたと思った瞬間、由梨佳がいまわの声をあげていた。

「いくいくっ」

と叫びつつ、あぶら汗まみれの双臀をぶるぶると痙攣させる。

「ああっ、ああっ、だめだっ」

と良太も続けて二発目を、由梨佳の尻の穴にぶちまけていた。

一度出したとは思えない量が、巨尻の中へとびゅうびゅう迸る。

「ああっ、あああっ、来てるっ、出てるうっ……いくいくっ！」

子宮で精液を受け止めるのと同じように、中で出される快感に、由梨佳は立て続けにいっていた。

射精がおさまってもなお、彼女は、四つん這いでひくひくと身体を痙攣させていた。

たっぷりと出したペニスが尻の穴から抜けると、

「あんっ」

と由梨佳は声を洩らした。そして、セカンドバッグからウエットティッシュを出すように言われた。

良太はペニスを揺らしつつ、テーブルに置かれたセカンドバッグを開き、ウエットティッシュの袋を出す。

「お尻、それで拭いて……ザーメン、洗っている暇はないから」

「は、はい……」

良太はウエットティッシュを出すと、あらためて由梨佳の尻の穴を見る。処女ではなくなった菊の蕾からは、じわっとザーメンがにじみ出ている。そこにウエットティッシュを当てていく。するとそれに感じたのか、

「あんっ、あ、あんっ」

と鼻にかかった声をあげて、ぶるっと双臀を震わせる。

ウエットティッシュを尻の穴に押し込むようにして、ザーメンを拭《ぬぐ》い取っていく。

「あ、ああ……気持ちいいわ……ああ、良かったわ、良太くん」

「僕も良かったよ、由梨佳さん」

ウエットティッシュを三枚使い、尻の穴から綺麗にザーメンを拭い取った。

由梨佳はソファーから立ち上がると、丸めたパンストの下からパンティを取り出し、良太の前で穿いていく。

顔の表情が恍惚《こうこつ》から、仕事モードへと変わっていく。パンストを穿き終えた時には、完全に仕事の顔になっていた。

「ありがとう。また、おねがいするかもしれないから」

そう言うと、由梨佳は颯爽《さっそう》とカラオケボックスの部屋から出て行った。

二発出した良太はソファーに座って、しばらく休むことにした。しかし、なんてタフなんだろう。ああじゃないと、社会人としては生きられないのだろうか。

良太はこのままずっと学生生活が続くといいのにな、と思った。

4

その後、良太は鮎美の定食屋に寄った。やたらお腹が空いていたので、珍しく大盛りを注文する。

由梨佳とのアナルエッチの興奮が落ち着いてくると同時に、脳裏には夏目茉優の顔が浮かんできた。

『この本を読む時、責められる女捜査官にすごく感情移入するんです。悪党に捕まって、ねちねちとエッチな凌辱を受ける場面を読んでいると……濡れるんです……』

と茉優は言っていた。しかし、ずっと良太たち部員の前で官能小説を読んでいたとは。しかも、濡らしていたのだ。良太たち部員の前で。

もしかしたら、こっそり部員たちの前で官能小説を読むこと自体に、興奮していたのかもしれない。いや、きっとそうだ。

『私……、捕られて悪党に責められながら、処女を破られたいんです』

『こんなの、現実には無理だとわかっています。でも、こういう願望のせいで、もし普通のエッチで感じなかったらどうしようかって……』

茉優はまじめな文学少女の顔をしながら、マゾっ気があるのだろうか。

「あら、彼女でも出来たのかしら？」

鮎美が耳元に顔を寄せてきて、そう話しかけてきた。

「ええええっ!?」

茉優のことで頭がいっぱいだった良太は不意をつかれ、素っ頓狂な声をあげた。

「図星のようね」

「えっ、違いますよっ。彼女なんていませんっ」

思いのほか大声をあげてしまい、まずい、とまわりを見回す。幸い、店内に残る客は良太だけのようだ。それゆえに、鮎美は耳元で甘い息を吹きかけるようにして話しかけてきたのだろう。

「あら、ますます怪しいわねえ。妬けるわ」

と鮎美は大胆にも、良太の胸元をつんつん突いてくる。シャツ越しに乳首を突かれ、あっ、と声をあげてしまう。

「ねえ……。禁欲をまた解消して欲しいんだけど」

「えっ、禁欲って、あれからまだ十日くらいですが……」

「まだ十日じゃないわ。もう十日よ。そのあいだずっと禁欲しているの」

鮎美がシャツ越しに乳首を摘まみ、ひねってきた。

「あっ、鮎……！」

思わず名前を呼びかけ、まずいか、とキッチンに目を向ける。

「主人はトイレよ」

と言いつつ、鮎美が美貌を寄せてくる。

キスされるんだ、と良太は身構えたが、その時に引き戸が開けられて、新たな客が来店してきた。

鮎美はさっと良太から離れ、なにごともなかったような顔で、いらっしゃいっ、と馴染みの客に笑顔を向けた。

良太は鮎美の働く姿に目を向ける。今日も半袖のTシャツにジーンズ。そしてエプロンをつけている。

かつてそんな鮎美を見ながら、エッチしたいな、と想像するばかりだったのが、もう遙《はる》か昔のような気がする。だが実際には、童貞を卒業してまだ二週間も経っていないのだ。

良太は残ったご飯をかき込むと、席を立った。

「ありがとうございます」

レジで会計をしていると、鮎美がお釣りを渡してくる。その数枚の硬貨の中に、メモ用紙が混じっていた。

えっ、と鮎美を見ると彼女がウィンクしてきて、それを目にした良太は、一瞬にして勃起させていた。

店を出てからメモを開くと、

『二時間後に店に来て』

とあった。

5

それから二時間の間、良太は自宅アパートの万年床の中で、悶々としていた。

良太の脳裏には、茉優の顔が浮かび、鮎美の顔が浮かび、そして鮎美の裸体が浮かぶ。

『怖いんです。普通のエッチで感じないかもしれないってことが……』

『田口先輩、私の禁欲も解消してくれませんか』

あの茉優の言葉は、私の処女を貰ってください、という意味だろう。あれから何百回と考えていたが、それ以外考えられない。

ただ、普通のエッチでは駄目なのだ。なにせ茉優はハードな凌辱ものである、女捜査官凌辱シリーズが愛読書の処女なのだ。そして、主人公の女捜査官のように責められるプレイに憧れているのだ。

もしかすると、茉優も自分がマゾなのか、どうなのか、ハッキリさせたいのかもしれない。そしてその見極めに、良太に身を委《ゆだ》ねようとしているのだ。

やはり、縛った方がいいのだろうか。

良太はたぶんSではない。どちらかかと聞かれたらMかもと思ってしまう。こんな半端な自分が、茉優の処女を貰《もら》っていいのか。

いずれにしても、茉優の方からボールを投げてきたのだ。

ボールを受け取って、もう半日過ぎていたが、まだなんの返事もしていない。不思議とそういう日に限って、由梨佳から誘いが入って、今また鮎美からも、誘われている。

これからの鮎美とのエッチを思うと、落ち着いて茉優とのことが考えられない。でも、なにか返事しないと。

なんて返事すればいいのだろうか。茉優も、鮎美や由梨佳、そして玲奈と同じように、禁欲を解消して欲しい、と言ってきているのだ。だから、解消してあげるよ、と返事をすればいいだけだろう。

でも、茉優は処女だ。禁欲解消＝処女喪失となる。

俺でいいのだろうか。

うじうじ考えているうちに約束の時間がきてしまった。

良太が自転車で定食屋に向かうと、店はもう暖簾《のれん》を下げていて、窓が暗くなっていた。裏口にまわり、扉のノブを摑んでみる。開いていた。

それだけで、鮎美が中にいると思い、勃起した。

ドアを開いて中に入る。調理場の横の休憩部屋から明かりが洩れていた。

「良太です」

と小声で声をかけつつ、休憩部屋に向かう。旦那がいたらお終《しま》いだが、鮎美しかいないはずだ。

こんばんは、と小上がりのようになっている休憩部屋をのぞいた。四畳半くらいの和室の真ん中に、前回同様、布団が敷かれていた。

「あっ」

と良太は驚きの声をあげていた。

鮎美は布団の上に正座をして待っていたのだが、エプロンしか身につけていなかったのだ。もしかして、パンティは穿いているのかもしれなかったが、裸にエプロンにしか見えなかった。

「どうかしら。良太くん、喜ぶかと思って……」

鮎美は美貌を真っ赤にさせていた。自ら大胆な姿で待ちながら、羞恥色に身体を染めている。その恥じらいの風情がそそった。

「好きですっ。裸にエプロン、大好きですっ」

と言って、小上がりに上がった。

近寄った良太は、立ってください、と言った。

「えっ……立つの？　……恥ずかしいなあ」

と言いながらも、鮎美は立ち上がった。高く張っているエプロンの胸元の頂点が、ぷくっと突き出ている。あれだけ乳首が目立つのは、やはりノーブラだからだ。

ぐるっとまわってくださいと言うと、エッチね、となじるように良太を見つつ、鮎美はその場でまわってみせてくれた。

Tバックの影もない、むき出しの双臀があらわれる。つまり鮎美は、完全にノーブラノーパンなのだ。

「裸エプロンですねっ」

と声を弾ませる。

「ああ、良太くんが喜ぶと思ってこれにしてみたけど……ああ、見られると、すごく恥ずかしいわ」

火の息を吐きつつ、エプロンの裾から露わな太腿と太腿をもじもじとすり合わせている。

「もう、ぐしょぐしょですか」

「知りたい？　なら、良太くんが確かめてみて……」

ちらりと良太を見やり、鮎美が誘ってくる。

良太はエプロンの裾をたくしあげるようにして、その下に手を入れていった。濃い目の陰りがあらわれる。人差し指で恥毛をなぞる。それだけで鮎美は、

「はあっんっ」

と甘い喘ぎを洩らし、ぶるっと下半身を震わせた。裸にエプロンになった時から、発情しているのだ。発情しながら、良太を待っていたのだ。

恥毛を撫でていると指先がクリトリスに触れた。

「あっ……」

ちょんと触れただけでも、鮎美が反応する。良太はそのまま、つんつんとクリトリスを突く。

「はあっ、あんっ」

鮎美が甘い喘ぎを洩らす。良太は右手の人差し指でクリを突きつつ、左手を恥部に向け、そして人差し指をおんなの穴に入れていった。

「ああっ」

ずぶり、と指を入れただけで、鮎美ががくがくとエプロンに包まれた熟れた肢体を震わせる。鮎美の中は、どろどろになっていた。

「濡れているというより、洪水ですね。ぐちょぐちょだ」

わざと卑猥《ひわい》な言い方をする。

「はあっ、ああ……ああ……」

鮎美は妖しく潤ませた瞳で良太を見つめつつ、身体をくねらせ続ける。

部屋の端に、電化製品の延長コードが落ちていた。それを見た瞬間、茉優の顔が浮かんだ。

あのコードで縛ってみたら、どうだろう。

「あの、鮎美さん……ちょっとおねがいがあるんですけど」

媚肉とクリトリスを同時に責めつつ、良太は聞いた。

「はあっ、ああ……な、なにかしら……」

「ちょっと、あのコードで縛ってみていいですか」

と思い切って、聞いてみた。鮎美相手で練習をして、反応を見ようと思ったのだ。

「あら、今の彼女には、縛られたい願望があるのかしら」

甘くかすれた声で、鮎美が聞く。

「彼女なんて、いませんっ」

とまたも大声をあげてしまう。

鮎美は、うふふと妖艶に笑い、

「いいわよ……私にも縛られたい願望があるから」

「えっ、そうなんですかっ」

「ええ……秘かな願望ってところかな……。実際に、女からは言えないわよね……でも、どんな感じなのかなって、興味はあるの」

「そうなんですね」

「コードじゃつまらないわね。やっぱり縄かしら」

鮎美が妙にやる気に、いや、やられる気になっている。

鮎美が休憩部屋の押し入れを開いた。裸にエプロンは後ろから見ると、まさに裸だ。むちっと張った双臀の曲線がたまらない。

「あったわ」

と鮎美がひと束の縄を持ち出してきた。

「前に仕事で使った余りなの。まさかエッチに使うと思わなかったけど、取っておいてよかった」

と言って、鮎美がどうぞ、と縄を渡してくる。

「あ、ありがとう、ございます……」

まさか、こんなに鮎美が協力的とは。良太の彼女のためにというより、鮎美自身が興味があるのだろう。

「どんな風なのが好みなのかしら」

「こ、好み……」

「ほら、後ろ手だけじゃなくて、万歳にさせて縛るとか、おっぱいに食い込ませるとか」

おっぱいに食い込ませる、と言いつつ、鮎美が声を上ずらせる。

どうやら、鮎美はおっぱいに縄を食い込まされてみたいらしい。茉優はどうだろう。

女捜査官凌辱の表紙の絵は、両腕を上げた形になっている。やっぱり、あのかっこうが好みなのだろうか。

「ああ、どうするのかしら」

縄を見つめる鮎美の瞳がとろんとなっている。

「まずは、後ろ手に縛って……」

「それが、好みなのね」

鮎美は両腕を背中にまわした。手首と手首を交叉させる。

「あ、ありがとう、ございます」

礼を言い、良太は縄の束を解くと、ざらついている荒縄をほっそりとした手首に当てていく。すると、それだけで、鮎美の身体がぴくっと動く。

良太は交叉させている手首に縄をかけていく。軽く結ぶと、余った縄を二の腕へとまわしていく。

「ああ、おっぱいに食い込ませるのね」

火を吐くように、鮎美がそう言う。

良太はエプロン越しに縄をかけていく。乳首の影がぷくっと浮き上がり、やわらかなふくらみに縄が食い入っていく。

「はあっ、ああ……じかに、縄を感じたいな」

と鮎美が言う。良太はエプロンの紐の結び目を解くと、鮎美の身体から一気にエプロンを引いていった。

「ああっ……」

エプロンがとがりきった乳首をこすり、鮎美が甘い声をあげる。

エプロンが抜けて、荒縄がじかに、人妻の乳房に食い入っていく。

「ああ、すごい……エッチすぎます」

後ろ手に縛られ、しかも二の腕から乳房にかけて荒縄を食い込ませた姿は、エロ過ぎた。

乳房の上下に縄が食い込み、乳首がぷくっと充血している。

「ああ、どうなっているのか、見たいわ……洗面所に……」

と言うと、鮎美が後ろ手縛りのまま歩きはじめる。小上がりを降りてサンダルを履くと、調理場の奥にある洗面所に向かう。

「ああ、これが私……」

乳房に縄を食い込ませた自分の姿を、洗面所の鏡越しに見つめ、鮎美はうっとりとしている。

背後に立った良太は手を伸ばすと、縄で絞りあげられているふくらみを摑んだ。ぐっと揉みこむと、手のひらで乳首を押しつぶす形となり、

「ああっ、い、いいっ」

と鮎美が愉悦の声をあげる。

「もっと、もっとっ、強くして」

鏡に映っている自分の乳房をとろんとした目で見つめつつ、鮎美がそう言う。良太も縄が食い入る乳房を見つめつつ、こねるように揉んでいく。

「あ、ああ……ああ……すごくいいの……すごく感じるの……どうしてかしら……」

鏡に映る自分の姿から目を離さず、鮎美がそう言う。

「はあっ、きっと、良太くんだからね……」

「えっ……」

「信頼している良太くんに……ああ、縛られているから……ああ、感じているの」

「そうなんですか」

良太は手を引くと、さらに充血している乳首を摘まんだ。

「あっ」

摘まんだだけで、鮎美の裸体がぴくっと動く。

「ひねってみて、良太くん」

鏡越しに、良太を見つめつつ、鮎美が言う。

「い、いいんですか」

「ああ、いいわ……きっと、いくわ」

「乳首だけで、いきますか」

うん、と鮎美がうなずく。良太はもう片方の乳首も摘まんだ。そして左右同時にひねっていく。

「あうっ、う、ううっ……あ、あ、あああっ、乳首、乳首でっ……あっ、ああ、ああっ！」

鮎美が歓喜の声をあげて、がくがくと後ろ手に縛られた裸体を震わせる。

良太は鮎美の敏感過ぎる反応に煽られる形で、ふたつの乳首を強くひねり続ける。

「あああっ、あああああっ、い、い……いくうっ！」

と叫び、鮎美が縛られた裸体を痙攣させた。

ハアハアと荒い息を吐きつつ、いったばかりの自分の顔を、鮎美はじっと見つめる。

当然のことながら、良太のペニスは鋼のようになっていた。

「ああ、入れて。このまま入れて、良太くん」

そう言うと思った良太は、はいっ、と返事をすると、乳首から手を引き、ジーンズをブリーフといっしょに脱ぎ下ろした。弾けるようにペニスがあらわれる。先端は我慢汁で真っ白だ。

良太はペニスを摑むと、背後から鮎美の股間へと忍び寄らせた。すぐに先端がおんなの割れ目に到達する。

「ああ、乳首、ひねりながら、入れて」

と火の息を吐くように、人妻がそうねだる。

良太はあらためて、両手を乳房に伸ばし、乳首を摘まむ。それだけで、あんっ、と人妻はいきそうな顔を見せた。縄で縛っただけで、全身性感帯のようになってしまっている。

鮎美に対しては縛りは有効のようだった。が、処女の茉優はどうなのか。鮎美で試すつもりで縛ってみたが、参考にはならないかもしれない。そもそも女として性感の熟成度がまったく違うのだ。

良太は乳首をひねりつつ、腰を突き出す。ペニスを握らないまま、腰だけで入れることが出来るかと心配したが、一発で、ずぶりとめりこんだ。

めりこむと同時に、ぎゅっと乳首をひねる。

「ひいっ！……いくいく、いくうっ」

いきなり、鮎美は歓喜の嗚咽をあげた。鎌首を強烈に締め上げてくる。良太は、うっとうなりながら、さらに奥まで突き刺していく。

「あぁっ、いいっ、おち×ぽ、いいっ」

鮎美は叫び、貪欲に腰をうねらせてくる。

「う、うう……」

鮎美の中はどろどろだった。燃えるように熱く、おま×こ全体で良太のペニスをくいくいと締めてくる。

思えば前戯らしいことはなにもしていない。裸にエプロンになり、そして後ろ手に縛り、乳房に縄を食い込ませただけだ。

裸にエプロンも縄掛《が》けも、普通のエッチではない。これが濃厚すぎる前戯代わりになるのは、エッチ経験の豊富な人妻ならではだろう。だが経験の豊富さでいえば、由梨佳も相当なもののはずだ。鮎美と同じように、燃えるかもしれない。次にカンフル剤を打ってくれと言われたら、縛ってみようか。

由梨佳も縛ることを考えると、鮎美の中でさらに太くなった。

「ああっ、今、彼女のこと、思ったでしょうっ」

と鏡越しに、鮎美がにらんでくる。その瞳は妖しく潤んだままだ。それゆえ、にらまれても、ぞくぞくとした快感を覚えてしまう。

「思ってませんっ」

それは本当のことだった。茉優じゃなくて、由梨佳を思って大きくさせたのだから。

「うそばっかりっ。罰として、私が五回いくまでゆるさないから」

と鮎美が言う。

「えっ、五回ですか……」

玲奈といっしょだ。あの時は彼女を何度もいかせたものの、自分も連発してしまい、気持ち良かったが大変だった。

だめだ。俺よりも前に、鮎美さんをまたいかせなくてはっ。そうだ。クリだっ。クリをひねれば、一発だっ。

「えっ、今、なにを思ったのっ。にやっとしたわよ」

「そうですか」

良太はさらににやりと笑いかけ、右の乳首から手を引くと股間に持っていく。

良太の意図に気づいたのか、鮎美は表情を少し強張《こわば》らせた。でも、やめてとは言わない。

良太は右手でクリトリスを摘まんだ。それだけで、おま×こが強烈に締まってくる。

ううっ、とうなりつつ、良太はクリトリスをひねった。

「ひいっ！」

と絶叫し、鮎美はがくがくと立ちバックで繋がっている裸体を震わせる。さらに強く左の乳首とクリトリスをいっしょにひねっていく。

「いくいくっ、いくっ」

「あ、ああっ、出ますっ」

鮎美が五回いくまで出さないと決めていたが、良太も暴発させていた。

「う、うう……」

鮎美の裸体が汗まみれになっている。裸体全体から、むせんばかりの女の匂いが発散されている。

萎えたペニスが鮎美の中から出た。夕方、由梨佳相手に二発出しているのが影響して、一発出すと萎えるのがはやかった。

「あっ……」

抜けた瞬間、鮎美がぶるっと裸体を震わせた。

「三回いきましたね」

「ああん……あと、二回よ」

と言うなり、鮎美がその場にひざまずいてきた。大きく唇を開くと、ザーメンまみれのペニスをぱくっと咥えてきた。

後ろ手に縛られているため手は使えなかったが、器用に咥え、根元まで呑み込んでくる。

「うんっ、うっんっ」

美貌を動かしながら、ペニスを吸い上げてくる。

「あ、ああ……鮎美さん……」

乳房に縄を食い込ませた、後ろ手縛りの人妻にしゃぶってもらっていると、なにか、ご主人様にでもなったような気分になる。すると鮎美の口の中で、ぐぐっと力を帯びていく。

鮎美が、はあっ、と唇を引いた。

「すごく硬くなったわ……縛った女を傅かせるのが、好みなのかしら」

「い、いや、そんなことはないはずです……」

「ああ、私はすごく興奮しているわ……んんっ、縛られたの、はじめてだけど……ああ、おま×こがじんじんしているの」

「そ、そうですか……」

「次もまたお願いね」

そう言うと、七分まで戻ったペニスを咥えてくる。

「つ、次……」

「うんっ、うんっ」

と美貌を動かすたびに、上下に縄が食い込み、絞りだされている乳房も動く。乳首はこれ以上とがりようがないくらい、つんとしこっている。

それを見ていると、また摘まんで、ひねりたくなる。

「ああ、すごいわ。もうこんなに」

鮎美は立ち上がると、再びお尻を良太に向けてくる。お尻を向けるというより、縄掛けされた自分の身体を見るために、鏡と向かい合う形を取っているようだった。自然と体位は立ちバックになる。

良太はすぐさま、ペニスを入れていく。

「あうっ……」

鮎美のおま×こはさらに熱を帯びていた。

「ひねって……ああ、乳首も、クリもみんなひねってっ」

良太はうなずき、クリトリスを摘まみ、ぎゅっとひねる。

「いいっ」

ひとひねりで、歓喜の声をあげる。

良太は深く突き刺しながら、乳首も摘まむと、ひねっていく。

「ひ、ひいっ」

ひねるたびに艶声があがり、同時にきゅうきゅうと媚肉が締め付けてくる。

上半身を縛られ、下半身はずっぷりとペニスを刺されて身動きできない人妻は、敏感なところをひねられると淫らに鳴く、快楽のおもちゃのようだ。

乳首ひねりの動きに合わせ、ずどんっと腰を送り込む。さらに火の息を吐いて鮎美が喘いだ。

「ああ、いいっ、ひねられて突かれるの、いいわっ」

そのまま、深いところで小突くように突いてやると、良太の腰に密着した尻たぼが、ぶるぶるると痙攣した。

「あひいっ、いくいくっ、またいくっ」

「ああ、出しますよっ、俺も出しますっ」

「ああ来て、中に、中に出してえっ」

鮎美の絶叫を聞きながら、良太はどっと子宮めがけて射精した。中出しを受けて、またも人妻が腰を震わせ、いき果てる。

恍惚として鮎美の裸身にしがみつきながら、良太は茉優もこんなになるのだろうか、と思った。

第五章　禁欲後輩の求める破瓜

1

翌日——講義の空き時間に、良太が部室に顔を出すと、茉優と遠山がいた。ふたりは別に楽しく話しているわけでもなく、茉優の方は相変わらず文庫本を読んでいた。今日もラブロマン文庫だろうか。

今、目の前にいる茉優が、凌辱ものの官能小説を読んでいて、あそこを濡らしているとは、遠山は夢にも思わないだろう。

よくバレないものだと思うが、考えてみれば他人の読んでいる本を覗くやつなど、そうはいない。小説に集中できる精神力があれば、案外と人前でエッチ小説を読みふけっていても、バレないのかもしれない。

それとも、茉優は実は、バレるスリルを楽しんでいたりするのだろうか。もし文庫の内容を他人に知られて大変なことになったら、と想像して密かに興奮しているのか。いくらマゾ気質があるといっても、そこまでするのか。

部室に顔を出した時には、遠山が邪魔だと思ったが、ふたりきりではなくて、ホッとしてもいた。ふたりきりだと、当然、例の話になるからだ。良太は、決して例の話をしたくないわけではない。部室に来たのも、茉優がいたら、その話をしようとは思っていた。だが、どう切り出すかがわからない。

「白石先輩、内定もらったらしいぜ」

と遠山が言った。

「そうなのか。良かったな。はじめての内定だよな」

内定もらったことは良太は知らなかった。直前でいかせてあげていたのに連絡なしか、と内心いじけていたが、

「そうそう。まあ本命は別みたいらしいけど。さっき、学食で会ったら、そう言っていたよ」

と遠山が言い、たまたま聞いただけか、と少しほっとする。けれど、メールくらいくれてもいいのに、とは思った。

「あっ、もう行かないと」

授業があるから、と言って遠山が出て行き、ついに部室は茉優とふたりきりになった。すると途端に部室の空気が重くなる。

「良かったですね、白石先輩、内定もらって」

文庫を見ながら、茉優が話しかけてきた。

「そうだね。知らなかったよ」

「そうなんですか。先輩がいかせてあげたんでしょう」

「えっ、い、いや……どうかな」

「いかせてないんですか」

と言って、茉優がこちらを見た。眼鏡越しだったが、とても澄んだ美しい黒目で見つめられ、どぎまぎしてしまう。

「い、いや、いかせたかな……」

「それで、私の禁欲は解消してくれるんですか」

「そ、それなんだが……今日で、ど、どうかな……」

「わかりました。バイトがあるので、終わってからでいいですか」

と茉優があっさりと承諾する。

「い、いいのかい」

「いいって？」

「だから、その禁欲の解消……」

「白石先輩が内定を貰ったと聞いて、ますます田口先輩に解消して貰いたくなりました」

「そ、そうかい……じゃあ……あの……場所は僕のアパートでいいかな……いや、あの、ラブホでもと思ったんだけど、はじめてはやっぱり、ねえ……」

「先輩のお部屋に伺います」

そう言うと、また茉優は文庫に目を戻した。

「あ、あの……」

「今日は一巻を読んでます」

と言って、茉優がブックカバーを外して見せた。扇情的な黒いボディスーツの女性が描かれている。やはり、女捜査官凌辱シリーズだ。

「あの、これを読んでいるってことは、やっぱり……？」

「はい……。今、濡らしてます……」

そう言って、茉優が頬を赤くする。そして足をもぞもぞさせた。そこで、今日の茉優はけっこう短めのスカートを穿いていることに気づいた。

差し向かいのソファーに座っていたが、真ん中にテーブルがあって、よく見えていなかったのだ。

気づくと、よけいに意識してしまう。今日の彼女は、長袖のカットソーと、スカートという出で立ちだったが、スカートは太腿が八割ほど露わになるまでたくしあがっていた。

生足だ。白く肌が繊細そうでそそられる。太腿と太腿とを、もじもじとすり合わせている。

「あ、あの……」

「濡らしているところ、確かめたいんですか？」

と言って眼鏡越しに、なじるような目を向けてくる。

「い、いや……」

良太はなにも言っていない。

「確かめたいんでしょう……先輩って、エッチですね」

「えっ、いや！　そんなことは……」

「いいんですよ、ばればれです。わかりました……。確かめてください」

そう言うと、茉優は文庫に目を戻した。

えっ、今、なんて言った。確かめてくださいと言わなかったか。いや、言ったぞ。良太は茉優を見るが、文庫に目を落としたままだ。女捜査官凌辱を読みながら、良太に検査されるのを、待っているのだ。

良太は立ち上がった。すると、それだけで茉優がぴくっと身体を動かした。部室はいつドアが開いて、誰が入ってくるかわからない。しかも誰もノックなどしない。隣に座るだけでも危険ではある。ドアを開かれた時、茉優と並んで座っていたら、すぐに噂になるだろう。しかも、ただ座るだけではなく、スカートの中に手を入れて、さらにパンティの脇から指を入れて、さらにあそこに指を忍ばせなければならないのだ。

難易度が高すぎる。それに危険過ぎる。が、凌辱小説の愛読者である茉優は、そのスリルを望んでいるのではないか。

ここは応えてやらなければ。鮎美、由梨佳、玲奈とすべて、相手の願望に応え続けていた。そのお陰で良太は童貞を卒業出来て、美女たちとやれている。

美女たちのエッチな望みに応えることで、良太もいい思いが出来るのだ。

良太はテーブルをまわり、茉優に近寄っていく。茉優は文庫に目を向けたままだったが、かなりの緊張が伝わってくる。

なにやら、良太がじっとしているよう命じて、茉優がそれに耐えている感じだが、それは違う。茉優が自分から、パンティの奥を調べて欲しい、と言っているのだ。

でも端から見れば、良太がヒヒヒと迫っている感じなのではないか。

が、それはそれで問題ないと気がついた。茉優はすでに、捕らえられた女捜査官気分なのだ。そうか、濡らしているかどうかを悪党が調べるという、定番のシチュエーションかっ。

「なるほど……」

と思わず声に出してうなっていた。

茉優がちらりとこちらを見る。目が合うと、すぐに文庫本に戻した。

良太は茉優の隣に座った。こんなそばに座ったことはない。ここぞとばかりに、動かない茉優の横顔を見つめる。

綺麗だ。なにより、澄んだ瞳が美しい。アイドルにはこんな目をした子が多い。

こんな清廉な子が、濡らしているかどうか調べて欲しいなんて……人は見かけによらないものだ。

良太は思いきって、太腿に手を置いた。

茉優の身体がぴくぴくっと動く。良太はそろりと撫でる。ぴちぴちした肌だ。鮎美や由梨佳のしっとりとした手触りとはまた違う。

良太はそのまま手のひらを太腿の奥へと上げていく。スカートの裾に手首が当たり、裾ごと太腿を付け根まで露わにしていく。

茉優はまだ文庫本に目をやったままだ。読んではいないだろう。ただ文字を見ているだけだ。

こうやって無抵抗な後輩の太腿を撫でていると、なにか、すごく悪いことをしている気分になる。そしてそのことが、ぞくぞくした快感を呼んでいた。良太は悪党になった気分で、さらにスカートの裾をたくしあげた。

パンティがあらわれた。

「あっ……」

茉優が声をあげ、ぶるっと下半身を震わせる。

「白だね」

予想通りの色に、良太は満足する。が、そこは二十歳の女子大生だ。ただの白ではなく、サイドは透け感があり、割れ目を覆う部分だけ、濃くなっていた。

パンティはかなり小さく、サイドから恥毛がはみ出ていないのがうそのようだった。

「あれ、沁《し》みが出ているよ」

とあえて意地悪を言ってみると、ええっ、と茉優は驚きの声をあげて、自分の恥部を見た。もちろん、沁みなど出ていない。良太の戯《たわむ》れだ。

「ああ、先輩のいじわる……」

と眼鏡の奥からなじるように良太を見つめてくる。その瞳がうるうると潤みはじめるのがはっきりとわかった。

いいぞっ。感じている。エロおやじ風に迫ると、喜ぶのだ。

「じゃあ、濡らしているかどうか、調べるよ」

良太がいよいよ、という感じで確認すると、茉優は黙ってうなずいた。

だが、良太は少しも動くことはなかった。それどころか、

「ちゃんと頼んで、夏目さん」

と言ったのだ。茉優が驚いたような顔でこちらを見る。

「おま×こが濡れていないか調べてください、と頼むんだ」

「田口さん……」

ねちねちと嬲《なぶ》るように絡む良太に、茉優は非難の目を向けることはなかった。むしろ、尊敬の眼差しで良太を見つめてきた。この人に頼んで良かった、という目で見つ

めている。

「さあ、頼むんだ」

「そんなこと、言えません……」

ほう、そうきたか。すぐに言わないところが、茉優らしい。

良太は無言のまま茉優を見つめ、そして、パンティのフロントをそろりと撫でた。

「あっ……」

茉優の身体がぴくぴくっと動く。

「ほら、もっと調べて欲しかったら、頼むんだ」

と言いながら、そろりそろりとパンティのフロントを撫でていく。と同時に、もう片方の手で、パンティの脇を撫ではじめる。

「あ、ああ……ああ……」

茉優がかすれた声を洩らす。喘ぎ声ではないが、それに近いものだった。というか、いつも表情を表に出さない夏目茉優が、パンティ越しに股間を触られて、かすれ声を洩らしている事実だけで興奮する。

すでに良太は茉優の濡れ具合を知りたくて仕方がなかった。すぐにでも指を割れ目の中に入れたかった。

が、こちらが焦らした手前、茉優に乞《こ》われるまでは、彼女の割れ目をまさぐりたくない。

パンティのフロントをしつこく撫でていると、本当に沁みができはじめた。

「あっ、沁みだっ」

と思わず叫ぶ。えっ、と自分の恥部を見た茉優が、

「いやっ。見ないでっ」

とスカートの裾を下げようとする。

良太は我慢出来ず、人差し指をパンティの脇から入れていった。

「あれっ……」

と思わず声を漏らした。茉優の恥部には、あるべきものがなかったのだ。割れ目の周辺はつるんときれいな肌がむき出しで、陰毛の手触りがまるでなかった。

「パイパンにしてるんだな」

「知りません……」

部の先輩にパイパンと知られて、美貌を真っ赤にさせている。

良太はじかに割れ目をなぞる。すると指先に、湿り気を覚えた。

「おま×こから汁が出ているぞ。俺の指が汚れている」

「ああ、ごめんなさい……はあっ、ああ、田口さん……ああ、茉優の、お、おま……おま×こ、濡れているか……調べてください」

羞恥の息を吐くように、茉優がそう言った。

よし、と良太はすぐさま、割れ目に指をめりこませていった。

「んああっ……」

茉優の花びらは、すでにどろどろに濡れていた。処女でも、こんなに濡らすものなのか。処女だと茉優は言っているが、なにかの間違いじゃないのか。

「すごいな、ぐしょぐしょだな、茉優」

といきなり名前を呼び捨てにしてみる。だが茉優は怒るどころか、はあっ、と火のため息を洩らしはじめた。

「ごめんなさい……田口さんの指を……ああ、汚してしまって」

「そうだな。綺麗にするか」

「えっ……あ、ああ、はい……綺麗にさせてください」

と茉優が言い、良太は花びらに入れていた人差し指を抜くと、パンティの脇から出し、それを茉優の唇へと持っていった。

良太の人差し指は爪先だけが絖っていた。処女膜を指で破るのを恐れて、わずかしかめり込ませていなかったからだ。

茉優は突きつけられた爪先をぱくっと咥えると、懸命に吸ってくる。

「あっ、夏目さんっ」

爪先を吸う茉優の美貌があまりにセクシーで、良太は身体を震わせていた。

2

良太は何度も時計を見て、六畳の部屋をうろうろしていた。

『七時に行きますから、ご飯は食べていてください』

バイトに行った茉優からは、五時過ぎにそんなメールが来ていた。もともとは鮎美の定食屋で食べるつもりだったが、鮎美に茉優とエッチすることがばれてしまいそうで行くのをためらい、コンビニで弁当を買っていた。

もちろん鮎美にわかるはずがないのだが、どうにも顔を合わせにくいのだ。

良太はホームセンターでロープを買っていた。それで、鮎美のように茉優を縛るつもりだ。そうやってねちねちと責めれば、茉優は喜んでくれると思った。

先ほどの部室では、危ない目にあった。茉優がちゅうちゅうと指吸いを終わった直後に、いきなり部室のドアが開き、山田が入ってきたのだ。

茉優は何事もなかったように、すまして座っていたが、山田はその隣に良太が座っているのを見て、訝《いぶか》しげな顔をした。

それでも茉優は素知らぬ顔で、文庫をトートバッグに入れると、失礼します、と出て行った。いつもと変わらぬ冷静な表情に、良太の方が驚いた。

あまりに茉優がいつもと変わらない態度で出て行ったためか、良太とふたりきりになっても、山田は特に質問してきたりはしなかった。

こうして茉優との前哨戦は、とんだ邪魔が入ってしまった。だが、これから良太の部屋でおこなう本格的な茉優の禁欲解消は、そんなことは起こらないだろう。

良太は心臓を高鳴らせ、時が来るのを待った。

そうして、七時ちょうどにチャイムが鳴った。その音を聞いただけで、良太はびんびんにさせていた。これから、茉優とやるのだ。茉優の処女膜を破るのだっ。

はいっ、と玄関に出て、ドアを開いた。

「こんばんは」

茉優がそこに立っていた。すごく緊張した表情をしている。大学の時と同じ、カットソーにミニスカート姿だった。

「こ、こんばんは」

と返事をして、良太はじっと茉優の美貌に見とれる。

「あの……入っても、いいですか」

と茉優が聞いてきた。

「あっ、ごめんっ。もちろん、どうぞっ」

良太は先に六畳間に向かう。上京して二年半。女の子をアパートの部屋に入れるのは、はじめての経験だった。もちろん、今日は大学から帰ってすぐに掃除しまくった。洗面所もトイレも掃除していた。

どこか男臭さみたいなものは残っているが、一応女の子を迎えられるようにはしたつもりだ。

「へえー……思っていたより、綺麗にしているんですね」

と六畳間に立って、茉優が言う。

「いや、急いで掃除したんだよ」

そう言いつつ良太は茉優を見て、あっと思った。茉優が立っているだけで、むさ苦しいだけの六畳間が華《はな》やいでいるのだ。

これには驚いた。女の子ってすごいな、とあらためて思う。

「ああ、どうしたんですか。そんなにじっと見ないでください」

茉優は頬を赤くして、ミニから伸びたすらりとした生足をもじもじさせている。

「いや、あの……驚いたんだ」

「なにが、ですか」

「いや、夏目さんがそこにいるだけで、部屋の印象ががらっと変わってしまったから」

「えっ、うそ……大げさですよ」

と言いつつ、茉優が本棚へと向かう。

「いろんな本を読んでいるんですね」

本棚を見れば、その人物がわかると言う。良太は文学から、推理ものから、時代もの、そして……。

「あっ、ラブロマン文庫もあるっ」

一番下に、官能小説を並べていた。

「なんだ、女捜査官凌辱、田口さんも読んでいたんですね」

確かに最近、読んだばかりだ。まあ、茉優がきっかけで買ったのだが。

本棚の前でしゃがんでいる茉優を見下ろしていると、すごくムラムラしてきた。いきなりはじめるつもりはなかったが、良太は座布団の下に隠していたロープを取り出した。

長い縄をカットして、二本用意してある。手首を縛るものとバストに縄掛けするものだ。

茉優が立ち上がると同時に、良太は背中を向けたままの茉優の右手を摑んだ。ただならぬ雰囲気を背中越しに感じたのか、茉優がぴくっと身体を震わせた。右手をヒップの上まで引いて、そして左手も摑む。

「ああ、田口さん……」

まわされた左手が震えはじめる。

「手を、こうやって身体の前で交叉《こうさ》させて」

「は、はい……」

茉優は言われるまま、ほっそりとした手首と手首をお腹のあたりで重ねていく。良太はそこに、背後から一本目のロープを当てた。

「あっ、縄……」

良太は彼女の両手首を縛ると、そのまま万歳するように引き上げた。

茉優はされるがままだ。そして良太は彼女の肩を摑むと、こちらを向かせた。

「あっ……」

と良太が驚きの声をあげた。

眼鏡越しに見る茉優の瞳が、すでにとろんとなっていたのだ。

「夏目さん……」

良太は眼鏡のフレームを掴むと、ゆっくりとフレームを引いていった。

「い、いや……」

茉優は両腕を万歳するように上げたまま、美貌を俯かせる。

良太は眼鏡をテーブル代わりのコタツ台の上に置くと、俯いたままの茉優のあごを摘まんだ。そしてくいっと上げる。ボブカットの髪が顔に流れていた。それを梳《す》き上げると、目を見張るような美貌があらわれた。

「ああ、夏目さん」

くるりとした瞳。それはアイドル顔負けの美しさと清廉さを見せていた。その瞳はもう、うるうると濡れている。両手を縛られただけで、うっとりしているのだ。

「あ、ああ……そんなに見ないでください……素顔、すごく恥ずかしいんです」

良太は気にせず顔を寄せていき、気がついた時にはキスしていた。口にやわらかな感触を覚える。

茉優は瞳を閉じていた。舌で突くと、閉じていた唇を開いてきた。良太はすかさず、舌を入れていった。

「ん、んんっ……」

茉優の舌にからめていく。茉優の唾液は青い果実の味がした。まさに処女の味だ。

ねっとりとからめると、茉優もそれに応えてきた。ぴちゃぴちゃとエッチな舌音がする。

良太はキスしつつ、カットソーの裾を掴むと、たくしあげていく。

口を引いて目を落とすと、平らなお腹が露わになっている。ウエストのくびれが素晴らしい。さらにたくしあげていく。

「ああ、い、いや……ああ、いやです」

いや、と言いつつも、茉優は逃げない。両腕も万歳したままだ。両手首を縛ったのがかなり効いていた。やはり、縛られたい願望があるのだ。

白いブラカップがカットソーからのぞいた。シンプルなブラが、豊満なふくらみを包んでいる。カップから露わになっているふくらみは、ぱんぱんに張っていた。若さが詰まりに詰まっている感じだ。

良太は鎖骨《さこつ》までカットソーを引き上げると、そこで止めた。

「ああ、ああ……田口さんって……ヘンタイなんですね……縛って、脱がせるなんて」

なじるように見つめるものの、その瞳はさらに潤んでいる。唇はずっと半開きのままで、もう閉じることがない。

すべて茉優が望んだことだ。そして今、期待を裏切っていないようだ。ここが大事だ。良太には、茉優が望むような禁欲解消を求められていて、その期待に応えることが第一なのだ。それ以外の行動は悪手となる。

腋の下がまだ露わになっていなかった。縛った相手を万歳させたら、次は腋の下責めだろう。責めなくても、晒させるだけでも、かなり効くはずだ。

良太はたくしあげたままのカットソーに手をかけ、首まで引き上げた。

茉優の腋の下が露わとなる。

すっきりとした予想通りの腋の下だ。なんせ、パイパンなのだ。腋の下にも産毛すら生えたことはないように思えたが、違っていた。じっくりと見ると、右の腋のくぼに、一本だけ産毛があった。

「毛を生やしているな、茉優」

と、また名前を呼び捨てにした。ここだと思ったのだ。

「えっ……うそです」

茉優が信じられない、といった表情を浮かべた。それはそうだろう。

「ほら」

と良太は産毛を摘まみ、引いた。

「あうっ……」

美貌の後輩が痛みに顔を歪める。その表情が、むしょうに良太を昂ぶらせた。

「ちゃんと手入れをしていないのか、茉優」

と言いながら、産毛を引き続ける。抜けない程度に加減していた。

「う、うう……ご、ごめんなさい……」

茉優は美貌を真っ赤にさせていた。ブラに包まれたバストを露出された時よりも、さらに恥じらっているようだ。

良太は無性に茉優の腋の下を、いや、たった一本だけの産毛を舐めたくなった。

指を引いて顔を寄せる。気づいた時には、茉優の腋の下に顔を埋めていた。

「あっ、だめですっ」

舐めるのではなく、匂いを嗅いでいた。茉優は大学で授業を受けて、そしてバイトに行き、それからここに来ているのだ。シャワーは浴びていない。一日ぶんの茉優の匂いが残っていた。

　それをくんくん嗅いでいく。

「はあっ、ああ……恥ずかしいですっ……ああヘンタイっ、田口さんの、ヘンタイっ」

　茉優の口から出る「ヘンタイ」は褒め言葉のニュアンスを含んでいるはずだ。良太は褒められて、さらに強く腋の下に鼻を押しつけていく。茉優の汗の匂いは股間に響き渡っていた。もちろん、びんびんに硬くそそり立っている。

　顔を引いた。

「はあっ、ああ……」

　茉優がうらめしそうに見つめてくる。それはもっとして、という目なのだ。

　良太はブラカップを摑んだ。腋の下に顔を埋めていたら、乳房にも埋めたくなったのだ。

　ブラカップをめくると、ぷるんと豊満なふくらみがこぼれ出た。

　乳首はピュアなピンクだった。透明に近いピンクだ。しかも、人妻の鮎美のようにいきなり硬く痼《しこ》っていることはなく、まだわずかに芽吹いたばかりだった。

「乳首、とがらせていないね」

る。

「いつもとがらせていないとだめだ、茉優」

と言い、芽吹いた乳首を摘まむ。それだけで、ひいっ、と茉優が上半身を強張《こわば》らせる。

「えっ……」

良太は乳首をひねるのではなく、こりこりと優しくころがしはじめた。

「あっ、ああ……」

いじっている右の乳首が勃《た》ちはじめる。

「気持ちいいのか、茉優。縛られて、乳首をいじられて、感じるのか」

「い、いや……ヘンタイ……」

「それしか言えないのか。文芸部のくせして、ボキャブラリーが貧弱だな」

と言うと指を引き、すぐさま乳房に顔を埋めていった。

ただただ埋めたい欲望に駆られていただけだ。でも単に埋めたわけではない。ピンクの乳首を口に含み、じゅるっと吸っていく。

「あっ……ああ……」

茉優の声がにわかに、甘い喘ぎに変わっていた。

よしっ、と心の中でガッツポーズを作りつつ、さらに吸いあげ、左の乳房を掴んだ。

当然のこと、バストには若さが詰まりきっていた。ぐっと五本の指を押し込むと、ぷりっと弾き返してくる。それをまた揉みこみ、弾き返してくると、また執拗《しつよう》に揉んでいく。

単純な繰り返しだったが、胸が躍った。鮎美、由梨佳、そして玲奈と三人の美女の乳房を揉んでいたが、茉優のバストが一番ぷりぷり感に満ちあふれていた。

このまま一生揉んでいられる乳房だった。左のふくらみをしつこく揉みつつ、右の乳首をしつこく吸っていると、

「あんっ、あっんっ」

と茉優がさらに甘い声を洩らしはじめた。

次の段階にいくぞ、と良太は乳房から顔を引いた。

3

良太はかがんで、あらたなロープを手にした。

それを見て、茉優がはっとした表情を浮かべる。

ずっと万歳させていた両腕を下げさせると、あらたなロープをいきなり豊満な乳房

に当てていった。ぐいっと下乳に食い込ませていく。

「ああっ、おっぱいになんて……ひどいですっ」

茉優が涙目を向けてくる。やりすぎたか、と良太は一瞬怯《ひる》んだ。が、左の乳首を見て、大丈夫だと思った。わずかに芽吹いていた乳首が、縄を食い込ませただけで、ぷくっととがりはじめていたからだ。

「どうかな。身体は正直だぞ、茉優」

と言いつつ、食い込ませたロープを乳房の丸みに沿って、上げていく。ロープが勃起したふたつの乳首をなぎ倒していく。その時、

「あっ、あんっ」

と美貌の後輩は甘い喘ぎを洩らした。

「なんだ、今の声は」

とからみつつ、ロープを乳房の先端で上下させる。とがった乳首がロープでこすられ、弾かれ続ける。

「ああっ、ああっ……だめ……乳首だめですっ」

「なにがだめなんだ」

茉優の乳首はさらに充血していた。

良太はあらためてロープを下乳に食い込ませた。

「あう、うう……」

茉優があごを反らす。食い込ませたまま背中にまわし、ひとまわりさせて、今度は上乳に食い込ませる。そして、縄留めした。

すでに別のロープで縛っていたから、これは乳房に巻いただけだ。食い込ませているとはいってもたいしたことはない。

が、処女でロープ初体験の茉優には、緩《ゆる》い縄プレイでも効果があった。目がとろんとして、半開きの唇から絶えず、はあっと火の息を洩らしている。

良太はミニスカートのサイドホックに手をかけた。

「な、なに、するんですか……」

「決まっているだろう。おま×こを見るんだよ」

「だめですっ……ここまでで充分ですっ」

また、茉優が非難の目を向けてくる。演技なのか本気なのか、わからない。

が、良太はスカートのホックを外し、サイドジッパーを下げていく。見たかったのだ。茉優の処女の花びらを。部室では指先だけ入れていたが、見てはいない。

「あっ、だめです……」

スカートが生足に沿って下がっていく。と同時に、パンティがあらわれた。色は部室で見た白のパンティと同じだが、意外にもデザインはまったく違う。別物だ。

「パンティ、穿き替えたのか」

「ああ、だって、恥ずかしい沁みがついてしまって……」

「買ったのか」

「はい……ここに来る途中にあった、ランジェリーショップに寄りました。それがなければ、もっとはやく来れたのですけれど……」

乙女心というやつか。しかし乙女心とは言いつつも、穿き替えたパンティは、エロかった。色こそ白ではあるが、透け透けなのだ。パイパンの恥部さえ、透けて見えている。

「透け透けじゃないか」

「はあっ……ああ、田口さん、こういうのが、好きかなって思って……」

「俺の好みを考えて、これにしたのか」

「はい……ど、どうですか……」

健気《けなげ》じゃないか。抱きしめて、ありがとう、と言ってやりたかったが、ぐっと我慢する。そんなことは茉優は望んでいないはずだ。

「割れ目が透けているじゃないかっ」

「はい……」

「俺はこんな透けパンを穿くような女は嫌いだっ」

「そ、そうなんですか……」

茉優の美しい瞳に、見る見る涙が浮かんできた。まずいっ。ちょっとやり過ぎた。

「いや、ヘンタイ女は……嫌いではないぞ」

と言って、喜んでいる印として、その場にしゃがむなり、透けパンに顔面を押しつけていった。

「あっ……」

良太の顔面が茉優の甘い匂いに包まれる。これは、割れ目からあふれ出ている花びらの匂いだ。

ぐりぐりと額をクリトリスに押しつける。

「あ、ああっ」

茉優の下半身ががくがくと震えはじめる。かなり感じているようだ。

良太は顔を引くと、透けパンをぐっと引き下げた。

良太の目の前に、処女の花唇があらわれた。それはぴっちりと閉じて、一度も開いていないように見えた。でもすでに、部室で良太の指を受け入れているのだ。

良太は割れ目のサイドを撫でる。やはり産毛の感触さえなかった。

「処女かどうか調べるぞ、茉優」

「は、はい……おねがい、します……」

「処女じゃなかったら、そのまま、外廊下に立たせてやる」

「えっ、そんな……見られてしまいますっ」

茉優の足ががくがくと震える。見上げると、涙目でこちらを見下ろしていた。処女なのだから外に出されることはないのだが、この恥ずかしい姿で外に出される自分を想像して、昂ぶっているように見えた。

なかなかのヘンタイだ。これでは確かに、自分の性癖を好きな相手に晒すことはためらわれるだろう。

「さて、どうかな」

と言って、割れ目に指を添える。

「あ、ああ……見るんですね……」

「当たり前だ。処女じゃなかったら即刻、外だっ」

「はあっ、ああ……」

茉優は甘い吐息を洩らしている。

良太は処女の肉扉を開いていった。

目の前に、ピンクの花びらが広がった。

「おうっ、すごいっ」

淫らな絶景に、良太がうなる。鮎美も由梨佳も、そして玲奈も美麗な媚肉の持ち主だったが、やはり処女は違う。なんせここには、ち×ぽが入っていないのだ。ザーメンを浴びていないのだ。

まさにピュア。穢《けが》れを知らないとはこのことだ。

が、それでいながら、どろどろに濡れていた。縛られて乳首をいじられただけで、大量の愛液をあふれさせているのだ。まるで好きものの媚肉だ。処女で、好きもの。

「あ、ああ……処女だとわかりましたか」

正直、見ただけでわかるような証拠は無いのだが、たたずまいとか、雰囲気は確実に鮎美や玲奈とは違っていた。童貞の良太だったら同じに見えたろうが、彼女たちとさんざん交わってきた今は、なんとなくわかる。

「そうだな。処女だな」

「ああ、ありがとう、ございます」

見上げると、涙を流していた。

「じゃあさっそく、ここにザーメンをぶち込むか」

と言うと、良太は立ち上がり、ジーンズのベルトを緩めはじめた。

「な、なにを、しているんですか」

「ち×ぽを出すに決まっているだろう。ち×ぽで処女膜を破るんだよ」

「処女膜を……破るっ……」

茉優は失神しそうな顔になっている。それでいて、乳首はとがりきったままだ。全身が汗ばみ、茉優の匂いが濃く発散されている。

縛られているのも、処女膜を破られるのも、茉優が望んでいることなのだ。良太はその希望を叶《かな》えているに過ぎない。

ブリーフといっしょにジーンズを下げた。弾けるようにびんびんのペニスがあらわれる。それを見た茉優が、

「無理ですっ」

と叫び、六畳間から逃げようとした。

良太はまた迷った。これは本気なのか演技なのか、それとも単純にグロテスクなペニスに驚いただけか。

鮎美や由梨佳、それに玲奈は、このびんびんのペニスを目にした途端、目を輝かせた。たくましい素敵なち×ぽだと言う女もいた。

が、茉優は生まれてはじめて勃起させたペニスを見たのだ。驚くのが普通じゃないのか。

茉優は台所まで逃げていたが、手を縛られ、乳房も恥部も露わな格好ではさらに逃げることは出来ずに、もじもじしていた。

良太はゆっくりと近寄っていく。足を運ぶたびに、揺れるペニスを、茉優は怯えた表情で見つめている。

正面に立つと、しゃぶれ、と言った。茉優は、えっ、という表情を見せる。

「ち×ぽを出されたら、すぐにご挨拶だろう、茉優。これからはいつもそうだぞ。覚えておけ」

「あ、あの、部室でも……その……お、おち×ぽ出されたら……しゃぶるのですか」

と茉優がなかなか魅力的なことを聞いてきた。質問の形を取っているが、私にはこういう願望があるんですよ、と良太に知らせているのだろう。わかったぞ、茉優。

「当たり前だっ」

と言うと、ひいっ、と茉優が息を呑む。それでいて、素直に板間に両膝をついていく。

茉優の鼻先にペニスの先端が迫る。

「ああ、グロい……ですね」

「なんだとっ」

と良太はぴたぴたと、鋼のペニスで茉優の頬を張ってやった。これも、彼女のリクエストだと察知したからだ。案の定、

「ああ、あんっ……」

と茉優はうっとりとした表情を見せる。

「ほら、挨拶だ」

茉優はうなずき、ちゅっと先端にくちづけてきた。それだけで、目が眩むような鮮烈な快感が、先端から脳天まで流れた。

茉優はちゅっちゅっと鎌首に満遍《まんべん》なくキスすると、胴体へと唇を向けていく。やはり両手が使えないのが、かなり不便のようだ。初フェラなのに手も使えないのは、難易度が高いだろう。

が、手を拘束するロープを解くと、その瞬間、魔法が解けそうで怖い。今、茉優は花びらをどろどろにさせているのだ。それはひとえにロープのお陰だと思う。

茉優が唇を開き、鎌首を咥えてきた。鎌首が呑み込まれ、そのまま反り返った胴体も咥えてくる。

「ううっ……」

ち×ぽがとろけそうな快感に、良太は腰をくねらせる。茉優はそのまま、ペニスの根元まで咥えてきた。

美貌の後輩が濡れた瞳で、良太を見上げながら、ペニスを吸ってくる。

「うんっ、うっんっ、うんっ」

はじめて咥えたとは思えないような動きを見せて、良太のペニスを貪り食ってくるのだ。

「あ、ああ……ああ……」

責めているつもりが、いつの間にか良太が責められていた。これではいかん。いや、このまま顔にかけるのはどうだ。初回からやりすぎか。というか、次はあるのだろうか……。これって、禁欲解消なのだ。解消されたら、そこまでなのでは。

いや違う。由梨佳と鮎美からは、あらたな解消を求められている。

むしろ顔射は次回に取っておくのだ。良かったけど、もっといじめて欲しかったかな、くらいがいいのだ。

「うんっ、うんっ、うっんっ」

茉優はひたすら吸っている。出そうだ、と思い、良太の方からペニスを引いた。

茉優が息継ぎをするように、ハアハアと荒い息を吐く。頬派赤く上気し、口から涎《よだれ》が垂《た》れていく。

酸欠と昂りで恍惚となっているのか、茉優はそれを拭《ぬぐ》うこともしない。どろり、と涎が足元に落ちた。そのタイミングで、良太はちょっと足を前に出した。

茉優が垂らした涎が、良太の足先に落ちて汚した。

「なんだこれはっ」

とすかさず、茉優をどなりつける。すると、茉優は、ごめんなさいっ、と叫び、良太の足に美貌を向けてくる。そして、ぺろりと足の指を舐めた。

実際は、足の指ではなく足についた涎を舐めていたが、茉優のような美人に足の指を舐められ、ペニスがひくひく動いた。

もっと舐めさせようと足を上げる。すると茉優は足の親指に吸い付いてきた。

「あっ……」

足の指吸いは思った以上に気持ちよく、良太は声をあげた。

4

「よし。これから処女膜を破るぞ……茉優」

と宣言する。

「どんな形で破られたいか」

「どんな、形……ですか……」

茉優が良太を見上げてくる。

「そうだ。好きな形で破ってやるぞ」

「じゃあ……バックで……お願いします」

やはり、バックだったか。これまでの流れからして、予想出来た。処女膜を破る瞬間の茉優の顔を見れないのが残念だったが、バック自体にはそそられる。

「あの……姿見を……見ながら……バックでしてください……」

「姿見？」

「そこにあります……」

と茉優が冷蔵庫の奥に目を向ける。

そういえば、モテるためには全身コーデが大事だと、一年生の頃に姿見鏡を買っていたのだった。が、ほぼ見ることなく、台所の隅《すみ》に追いやられていた。

まさか、この大きいばかりでかさばる鏡が、役に立つ時が来るとは。

「自分の顔を見ながら、やられたいのか」

「はい……」

と茉優はうなずく。いいだろう、と良太は姿見を抱えると、六畳間に運びこんだ。

そして壁の前に置くと、這え、と茉優に命じた。

茉優は両膝を畳につき、ロープに縛られた手で上体を支えるようにして、尻を高く掲げようとした。が、縄に慣れていないせいか、茉優の身体は左右にバランスを崩しがちで、姿見の前で安定しない。

仕方がない、と良太は手を拘束するロープを解いていった。まだ乳房にはロープが巻かれている。それが彼女を昂ぶらせてくれるはずだ。

「全部、脱げ。素っ裸だ」

と言うと、茉優は首までたくしあげられたままのカットソーを頭から脱ぎ、胸元に引っかかったままのブラを取った。

なにもかも脱いだが、バストの上下にはロープが巻かれている。裸になると、ロープがさらに目立って見えた。

茉優は姿見の前で膝立ちとなり、豊満な乳房の上下に巻かれているロープをうっとりとした顔で見つめている。

良太は背後にしゃがみ、両手を伸ばすと、茉優の乳房を掴む。こねるように揉んでいく。

「はあっ、ああ……」

茉優は自分だけを見ている。良太の手で揉みしだかれているロープが巻かれた乳房を、とろんとした目で見つめている。

「這え」

とあらためて命じると、はい、と茉優は姿見の前で四つん這いの形をとっていく。

ぷりっと張ったヒップが、良太に向けて差し上げられてくる。

良太は尻たぼをぱしっと張っていた。その方が、茉優が喜ぶと思ったからだ。案の定、

「あんっ」

と甘い声をあげて、ぶるっとヒップを震わせる。そして、もっと、とおねだりするかのように、さらにヒップを差し上げてくる。

良太は、ぱしぱしっと尻たぼを張る。

「あん、あんっ」

と茉優は甘い声をあげる。その瞳は、姿見に映る自分の姿に向いていた。ロープが巻かれた乳房、高く差し上げられたヒップ。ぶたれて歪む美貌。そのすべてが、茉優の身体を熱く焦《こ》がしていた。

良太はペニスを尻の狭間に入れた。鎌首が蟻の門渡りを通っただけで、ぶるぶるっとヒップが震える。

鎌首が割れ目に到達した。すぐには入れず、割れ目をなぞりはじめる。

「あっ、ああ……」

茉優が姿見越しに、良太を見つめてくる。ください、と瞳が告げている。が、良太は入れない。割れ目をなぞり続ける。これは、すでに三人の美女とやった経験があるから出来ることだ。

童貞だったら、入れることしか考えないだろう。だが三人の美女とやっている良太には、余裕が出ていた。

その余裕から、さらにクリトリス突きで後輩を嬲《なぶ》ろうと企《たくら》む。

鎌首を割れ目の上に上げ、クリトリスを肉棒の先で突いた。

「はあっんっ」

茉優が甘い声をあげる。良太は割れ目を突かず、クリトリスをしつこく突き続ける。

「感じるか、茉優」

「は、はい……感じます……お、おま×こ……ぐしょぐしょです」

「おっぱいにロープを巻かれて、四つん這いになって、尻を張られて、ぐしょぐしょか。ヘンタイだな、茉優」

「あ、ああ……茉優……ヘンタイです……ああ、こんなヘンタイ女……田口さん、好きになってくれますか」

えっ。なにっ。いきなりなにっ。これってコクられたってことかっ。

鮎美、由梨佳、そして玲奈とやっていたが、コクられてはいない。あくまでも禁欲解消のために呼ばれていた。が、今、茉優は、好きになってくれますか、と口にしたよなっ。聞き間違いじゃないよなっ。

良太は混乱していた。もう一度聞こう。野暮だが確認が必要だ。

「今、なんて言ったのだ、茉優」

割れ目に鎌首を当てて、良太は聞く。声が上ずっている。

「ああ、ヘンタイ女でも……好きになってくださいますかっ」

「俺と付き合いたいと言うのか」

さらに確かめる。

「はい……ヘンタイ女と付き合ってくださいますか」

付き合うぞっ、という返事の代わりに、良太は鎌首を割れ目にめりこませていった。処女の扉ではあったが、すでに発情しきっていて、ずぶりと入った。

「ああっ……おち×ぽっ」

先端が燃えるような粘膜に包まれる。処女ならではの肉の狭《せば》まりを先端に感じた。

「破るぞっ」

「おねがいしますっ」

お互い叫びあい、そして良太は腰を突き出した。処女の粘膜は、あっという間に貫かれた。ずぶりと鎌首が中に入っていく。

「あううう……うううーっ……」

処女膜が破られた瞬間、茉優は瞳を開いていた。女になった瞬間の顔をはっきりと焼き付けていた。

良太も同じだった。姿見越しに、処女喪失の瞬間を捉えていた。媚肉は簡単に貫通したが、その先は簡単には進まなかった。どろどろに濡れてはいるものの穴は極狭《ごくせま》で、しかも押し返してきていた。

「おま×こから力を抜くんだ、茉優っ」

「う、うう……うう……」

激痛が走るのか、眉間に深い縦皺を刻ませる。が、その縦皺がたまらなくそそるのだ。美人の眉間の縦皺は最強だ。

もっと眉間の縦皺を際立《きわだ》たせたくて、鎌首を極狭穴の奥へと進めようとする。

「あうっ、い、痛い……」

「痛いか」

「ああ、痛いけど……うれしい痛みです」

姿見越しに良太を見つめつつ、茉優がそう言う。姿見を用意して良かった、とつくづく感じた。

「痛みに、うれしいとかあるのかっ」

と言いつつ、茉優の肉襞の連なりをえぐっていく。

「う、ううっ……うれしい……ううっ、うれしいのっ」

ペニスがついに、奥まで入った。先端から付け根まで、茉優のおま×こが締めてくる。

「ああ、いっぱいです……茉優のおま×こ、田口さんのおち×ぽで……ああ、いっぱいですっ」

すべてを埋め込んだ良太はじっとしていた。気持ちよすぎて、動けなかった。

「突いてくださいっ。もっと茉優を痛くしてくださいっ」

「ヘンタイだな」

「そうですっ。好きになってくれますかっ」

「どうだかな」

好きだと言いたかったが、ぎりぎりこらえた。あっさり好きだと応えたら、茉優が喜ばないと思ったのだ。

茉優は泣きそうな表情を浮かべた。それでいて、くいくいと強烈にペニスを締めてくる。どうだかな、と言われて喜んでいるのだ。身体だけでなく、心までマゾ気質なのだ。

良太は動きはじめた。極狭の穴から引き上げ、そしてえぐる。

「あうっ、うう……」

まだ痛みの方が勝っているようだ。背中から尻たぼにかけて、じわっとあぶら汗が浮き出ている。

「ああ、好きなら、中にくださいっ」

なにっ。好きじゃなかったら、中出し出来ないということか。これは好きしか選択肢がないじゃないか。

「ううっ、ち×ぽが食い締められそうだっ」

「ああ、中にくださいっ。出してくださいっ。好きって、出してくださいっ、良太さんっ」

はじめて下の名前で呼ばれ、良太の心臓が大きく跳ねた。切なく胸を締め付けられるような衝撃に襲われ、その瞬間に暴発しそうになったが、ぎりぎりで耐えた。

「ああっ、中にっ、好きって、中にっ」

「出そうだっ、ああ、出そうだっ」

「くださいっ」

「好きだっ！」

と叫び、良太は吠えた。おう、おうっ、と凄まじい勢いでザーメンを噴き出す。かつてない量ｗが、好きだと呼びかけた女の子宮へと注がれる。

「あぁーっ……い、いくっ、いくぅっ！……」

中出しされて、好きと言われて、茉優は初体験でアクメに達していた。

5

がくがくと痙攣した後、茉優はそのまま畳に突っ伏した。中出ししたままの良太も茉優の背中に重なるように突っ伏していく。

大量のザーメンを出していたが、まだ勃起したままだった。締め付けが強すぎて、萎えることをゆるさないのだ。

茉優が細長い首をねじって、こちらを見た。いった直後の顔は、きらきらと輝いている。

良太はその唇へ、唇を重ねていた。舌を入れると、茉優の方からからめてきた。

「うんっ、うっんっ」

舌を貪り食いあいつつ、良太は腰を動かした。

「ううっ」

茉優が美貌をしかめる。

良太は口を離し、まだ痛い？　と聞いた。そしてペニスを引いていく。

「あっ、だめっ、抜かないでっ、おち×ぽ、抜かないでっ」

茉優の中からペニスを出した。八分ほど勃起を保っているペニスは、先端から付け根までザーメンまみれだったが、あちこちに破瓜《はか》の痕《あと》の鮮血が混じっていた。

上体を起こし、こちらに向き直った茉優が、それを見て、

「ああ、このおち×ぽで……茉優、女になったんですね」

と甘い声でつぶやいた。そして、膝立ちの良太の股間に上気させた美貌を埋めてくる。あっ、と思った時には、鎌首を咥えられていた。そのまま、胴体まで呑み込んでくる。

「あ、ああ……茉優……」

くすぐった気持ちいい感覚に、良太は腰をくねらせる。処女膜を突き破った本人からのお掃除フェラは、格別の快感を呼んでいた。

「う、うう……」

茉優が呻き声を漏らした。口の中で肉棒がひとまわり太くなったからだろう。

それでも根元まで咥えたまま吸ってくる。その吸い方からは、愛情が感じられた。

茉優の愛情を受けて、良太のペニスはびんびんになった。

はあっ、と息つぎをするように、茉優が唇を引いた。

「ああ、処女喪失の痕……消えちゃいましたね」

「……いや、まだあるよ」

と言って、良太は茉優を押し倒す。仰向けになった茉優の両足を摑むと、ぐっと開いた。

すでに股間の割れ目は閉じはじめていたが、そこから、中出しされたザーメンがにじみ出ていた。鮮血も混じっている。白に赤だから、わずかでもとても目立った。

良太は割れ目に指を添え、開いていく。すると、さらに鮮血混じりのザーメンがあふれてきた。

「ああ、恥ずかしいです……」

と言いつつ、茉優は自分の指を恥部へと持っていくと、あふれ出てくるザーメンを指で掬《すく》い、唇へと運んでいく。

良太を見上げつつ、ちゅうっと吸っていく。

「ああ……」

良太はペニスを吸われたような感覚を感じた。ペニスがひくひく動いている。

「美味しい……」

と言って、はにかむように笑った。

「ああ、いっちゃった……はじめてで、いっちゃいました」

「そうだね」

「もう一回、してくれますか」

と茉優が聞いた。もちろんっ、と良太は開いたままの両足の間に腰を入れていく。

鎌首が割れ目に迫る。

茉優は上体を起こし、自分の入り口をじっと見つめている。そこに鎌首が触れた。

良太は腰を進めた。野太い鎌首が割れ目にめりこんでいく。

茉優は、はあっ、と火の息を洩らす。痛そうではない。それを見て、ぐぐっと鎌首を入れていく。

「あうっ、ううっ……」

眉間に縦皺が刻まれるが、さっきとは違って見えた。

「ああ、入ってきます……ああ、良太さんのおち×ぽで……ああ、いっぱいになってきます。うれしいです」

「僕も茉優のおま×こに入れられて、うれしいよ」

「ああ、気持ちいいです……ああ、痛くなんか、ああ、ありません」

ぐぐっ、ぐぐっと埋め込んでいき、良太は上体を倒していく。入れながら、キスしたかったのだ。

茉優が両腕を迎えるように伸ばしてきた。乳房を胸板で押しつぶすと、ああっ、と火の息を吐く。そこに、良太は口を重ねていく。

ベロチューしつつの、おま×こ。もちろんはじめてじゃない。でも今までと違っていた。お互い、好きだ、ということを舌で伝えていた。茉優はおま×こでも伝えていた。

それに応えるべく、良太はゆっくりと抜き差しをする。

「う、うう……うんっ……」

ぴちゃぴちゃと舌をからめつつ、茉優が火の息を吹き込んでくる。全身が幸せに包まれる。

「あ、ああ……おち×ぽって、いいですね」

「おま×こもいいよ」

「ああ、こうして、良太さんのおち×ぽでいっぱいになっていると……あ、ああ、なんか、落ち着くんです」

「興奮するんじゃないのかい」

「落ち着くんです……」

やはり、変わっている。

「ああ、落ち着くから……ああ、感じるんです……」

茉優がおま×こでくいくい締めてくる。

「ああ、いいよ……」

「もっと激しくしてもいいですよ……ああ、激しくしてください」

わかった、と良太は抜き差しの速度をはやめていく。

「う、うう……」

眉間の縦皺が深くなる。それに昂ぶり、思わず、ずどんっと突く。すると、

「いいっ」

と茉優が歓喜の声をあげた。

「もっとっ、もっと強くっ」

瞳を開き、茉優がねだる。

良太は茉優の妖しく潤んだ瞳に煽られ、力強く抜き差しをする。

「いい、いいっ、おち×ぽ、いいのっ」

茉優が両腕を万歳するようにあげて、背中を反らせる。

良太はくびれた腰を掴み、突いていく。突くたびに、豊満な乳房が前後に動き、背中がさらに反っていく。

「ああ、私、上に乗ってみていいですか。あの、いろんな形を試したくて……」

「いいよ」

良太は茉優の中からペニスを抜いていく。逆向きに裏筋がこすられ、思わず出しそうになる。

「ううっ」

と良太はどうにかこらえた。

「あんっ、今、出そうになったでしょう」

上気させた美貌を寄せて、ひくついているペニスの先端を小さく突く。

「まさか、さっき出したばかりだぞ。そんなにはやく出ないよ」

「どうかしら」

と言って、そろりと裏筋を撫でてくる。

「あっ、そこ、だめっ……」

良太が腰をくねらせると、茉優はうふふと笑い、右手でペニスの付け根を掴むと、左手の手のひらで、自分の愛液まみれの先端を撫ではじめた。

「ああっ、それっ、だめだっ」

「ああ、そんなに気持ちいいですか？」

「いやっ、待ってっ……どうして、そのテクを知っているんだよっ」

「私、ラブロマン文庫の愛読者ですよ」

そう言いながら、先端なでなでを続ける。

「そうだったなっ」

茉優がなでなでをやめて、良太の胸板を押した。あっ、と仰向けに倒れる。すると、茉優が良太の腰を白い足で跨いできた。

跨ぐ時、割れ目が鎌首の形に開き、真っ赤に燃えた花びらがのぞいた。すぐに割れ目は閉じる。

茉優が天を突いているペニスを逆手で摑んできた。そして良太を見下ろしつつ、腰を落としてくる。ついさっき処女を喪失したばかりの女とは思えない。女になって、ラブロマン文庫で得た知識が爆発しているのか。

割れ目に鎌首が触れる。先端を撫でられたせいで、すでにペニスからは我慢汁が大量に出ていた。

茉優はいきなり挿入することはせずに、割れ目で鎌首をなぞっていく。

「あっ、ああ……じらすな」

「さっきの仕返しです」

そう言って、自ら亀頭の先にクリトリスを当ててくる。

「ああっ……」

可憐な後輩は火の息を吐き、ぐりぐりと押しつけ続ける。

良太は反撃だとばかりに、茉優のウエストを摑むと、腰を突き上げていった。いきなり、ずぶりとめりこむ。そのまま、垂直に突き上げていく。

「んああっ、すごいっ」

瞬く間に、茉優の中に良太のペニスが入っていく。というか、吸い込まれていく感じだ。

全部入ると、茉優が腰を動かしはじめた。まだ拙《つたな》い動きだが、その拙さがいい。鮎美たちのような、こなれた腰使いでないからこそ、微妙に痒いところに手が届かないもどかしさが性感を荒ぶらせるのだ。

「はあっ、ああ……」

茉優はゆっくりと腰をうねらせていく。やっているうちにコツを摑んだのか、動きがスムーズになっていく。やはり、もとからエロの知識充分なだけに、コツを摑むのがはやいようだ。

「あ、ああ、これも、気持ち……ああ、いいですね」

「良かった」

「ああ、良太さんは、どうですか」

「気持ちいいよ」

「こうした方がいいんですよね」

と言うなり、茉優が腰を上下に動かしはじめた。鎌首の形に開いた割れ目から、愛液まみれのペニスが出入りする淫ら絵が、はっきりとわかる。

ああ、今、間違いなく、茉優の中に入れているんだ、とその眺めに興奮する。

「はあっ、ああ……あんっ……これ、気持ちよすぎます」

茉優が火の息を吐き、蹲踞《そんきょ》の姿勢で上下動を続ける。

良太はこちらからも責めることにした。ぐぐっとペニスを突き上げる。

「はぐうっ、当たるっ……今、子宮に当たったのっ」

良太はバネを使うように腰をぐいぐい上下させる。

「あっ、ああうっ……いいっ、いいっ」

腰の上でバウンドしているようになり、茉優が歓喜の声をあげる。茉優が喜んでくれて良かったが、こちらも強い刺激を受けてたまらなくなる。そもそもさっき、鎌首亀頭撫でで暴発しそうだったのだ。

「あっ、はあああんっ、良太さん、い、いいですよっ」

「え……えっ」

「い、いきたいんでしょう」

「わかるの？」

「良太さんのこと、あ、ああっ、わかってきたわ……いきそうな時が一番わかるのっ」

「そう、そうかい……」

一番自分が昂ぶる瞬間をわかってくれているというのは、もろに彼女が自分の女になった、という感じがする。すごくいい。

「ああっ、私も、また、いきそうなの……ああ、いっしょに……ああ、茉優といっしょにいってっ」

「いっしょにいくよっ」

出してもいい許しを茉優から得て、良太の突き上げに力が入る。

「あ、ああっ、いっちゃうっ、もう、いきそうっ」

「待ってっ、いっしょだよ、茉優っ」

良太の方が先にいきそうだったが、どうやら茉優が先に果てそうだ。これはいかん、と同時に射精させるべく、思いっきり突き上げた。

「あっ……いく……」

茉優は短く叫び、ぐっと背中を反らす。

「きて……きて、良太さん」

「あ、ああっ、出るよっ、ああ、いくよっ」

「来てっ」

「あっ、あああっ、あああっ、いくっ」

と良太も叫び、ザーメンを噴射させた。

「ああっ、いくいく、いくうっ」

凄まじい飛沫《しぶき》を子宮に浴びて、茉優は背中を反らせた瑞々《みずみず》しい裸体を痙攣させた。

6

「うんっ、うんっ……」

部室の中で、茉優のうめき声だけが流れている。

良太はジーンズの股間からペニスだけを出していた。そして、そこに眼鏡をかけたままの茉優が美貌を埋めていた。

今、授業中だったが、部室のドアがいつ開くかはわからない。スリル満点な刺激に、良太のペニスはいつも以上に勃起していた。

「うっんっ、うっんっ」

興奮しているのは茉優も同じで、良太のペニスを貪り食っていた。ちょっとでも油断すると暴発しそうだ。

そんな中、いきなりドアが開いた。わかっていたが、あまりにいきなり過ぎて、良太は動けなかった。茉優は咥えたままでいる。

「あら……」

ドアを開けて入ってきたのは、玲奈だった。相変わらずのミニスカ姿だ。

「白石先輩……」

良太は完全に固まっていた。ペニスは勃起させたままだ。

「本命の最終面接の前に、エッチをおねがいしようと思ったけど、無理なようね」

と言って、玲奈が部室から出ようとした。すると、ペニスから唇を引き、

「待ってくださいっ」

と茉優が声をかける。

立ち止まり、玲奈が振り向くと、

「私もお邪魔していいなら。ＯＫです」

と茉優が言った。

「あら……」

玲奈は茉優を見て、良太を見た。そして、

「じゃあ、今夜おねがいね」

と言うと、出て行った。

茉優はすぐさま、暴発寸前のペニスを咥えてきた。茉優の唇に包まれた瞬間、良太は、おうっと吠えて射精した。

（了）

※本作品はフィクションです。作品内に登場する
団体、人物、地域等は実在のものとは関係ありません。

禁欲《きんよく》お姉《ねえ》さんの誘惑《ゆうわく》

〈書き下ろし長編官能小説〉

2021年10月18日初版第一刷発行

著者……………………………………………八神淳一

デザイン………………………………………小林厚二

発行人…………………………………………後藤明信
発行所………………………………………株式会社竹書房
〒102-0075 東京都千代田区三番町8-1
三番町東急ビル6F
email：info@takeshobo.co.jp
竹書房ホームページ http://www.takeshobo.co.jp
印刷所……………………………………中央精版印刷株式会社